深圳青春文学精品工程

狼啸

马知行 / 著

海天出版社（中国·深圳）

图书在版编目（CIP）数据

狼啸 / 马知行著. — 深圳 : 海天出版社, 2017.7
（深圳青春文学精品工程）
ISBN 978-7-5507-2111-1

Ⅰ.①狼… Ⅱ.①马… Ⅲ.①长篇小说—中国—当代
Ⅳ.①I247.5

中国版本图书馆CIP数据核字(2017)第182090号

狼　啸
LANGXIAO

出 品 人　聂雄前
责任编辑　李　春
　　　　　蒋鸿雁
责任技编　梁立新
责任校对　何志红
插画设计　吴雅蒂
装帧设计　思成致远

出版发行　海天出版社
地　　址　深圳市彩田南路海天大厦（518033）
网　　址　www.htph.com.cn
订购电话　0755-83460293（批发）0755-83460397（邮购）
排版制作　深圳市思成致远创意文化有限公司　0755-82537697
印　　刷　深圳市希望印务有限公司
开　　本　787mm×1092mm　1/16
印　　张　13
字　　数　100千
版　　次　2017年7月第1版
印　　次　2017年7月第1次
定　　价　30.00元

新的十年，新的期待（代序）

谢　晨

缘起：深圳青春文学精品工程十年点滴

十年前，我是深圳翠园中学文学社的一名专职教师。大约是在2007年春节过后，十六岁的翩翩少年袁博，我的文学社长，递给了我一部长篇动物小说《大漠落日——一个鸵鸟家族的故事》打印稿，其实是由八个相对独立的中篇组成，每一个鸵鸟形象都与作者童年在其父亲开办的一家鸵鸟养殖场的经历有关。我知道，立志报考大学生物系的袁博已经熟读了欧美和国内大量生物学经典原著，还撰写了中国动物小说作家沈石溪和日本动物小说代表作家的系列评论，《大漠落日》是建立在

作者独特经历和较好的动物学、生物学理论基础上的，小说
"每一句话都要适合动漫改编"的唯美追求和英雄主义情结，
在青春文学创作中也是不多见的。我在第一时间将书稿给了时
任深圳市文联副主席的杨宏海先生和海天出版社青春读物编辑
部主任蒋鸿雁先生，前者是长篇小说《花季·雨季》的发现者
和出版推动者，《花季·雨季》最初是深圳育才中学学生郁秀
写在练习本上的。《大漠落日》得到杨宏海先生的高度认可。
海天出版社也同意出版。不久，著名作家曹文轩先生来到深圳
讲学，杨宏海副主席和我带着袁博和他的书稿，与曹文轩老师
在南山的一家酒店共进晚餐，曹老师对少年袁博耳提面命，并
欣然同意为《大漠落日——一个鸵鸟家族的故事》作序。深圳
一家动漫公司腾龙堂老总——徐氏兄弟亲自为该书画出了精美
的动漫插图。2008年6月，首部中学生长篇动物小说《大漠落
日——一个鸵鸟家族的故事》出版。作为深圳青春文学精品工
程首批作品，还包括由学林出版社出版的深圳另一个天才少年
赵荔与英国创意产业之父约翰·霍金斯合著的全球首部青少年
创意读物《遭遇创意队》。2009年11月，第十届深圳读书月
期间，我们在深圳中心书城举行了"创意写作与创意少年"论
坛，约翰·霍金斯出席论坛，深圳青春文学在《大漠落日——

一个鸵鸟家族的故事》《遭遇创意队》的基础上首次提出了创意写作理念，强调青春写作要主动关注创意文化和创意产业，以创意写作提升青春文学的品质。

当年十六岁的少年袁博，现在是复旦大学博士，耶鲁大学福克斯国际学者，北卡罗莱纳大学访问学者，已出版近20部长篇动物小说，五次获得冰心文学奖，被誉为"动物文学神童"、"学者型动物小说作家"。当年的天才少女赵荔已婷婷玉立，历数年创作的30万字长篇科幻小说《井字游戏》已经杀青，引起有关专家关注。

青春的城市需要青春的文学。截至2017年，深圳青春文学精品工程已经走过了十年，出版了50多部校园长篇小说或文集，一批少年作者从这里走向了创意文化的舞台，更多的孩子在这片文学天空下读书、写作，获得了精神的成长，他们也用自己的方式向世界传达了这座青春城市的人文信号。

期待：迎接深圳青春文学新的十年

著名文学评论家、国内青春文学的重要推手白烨先生这样评价深圳青春文学："与别的地方的青春文学相比，深圳的青春文学，作者队伍更为年轻，写作风格更为纯正。深圳青春文学在自身成长中取得的经验，委实宝贵，值得重视，需要推广。"我认为，深圳青春文学的基本经验就是阳光写作和创意写作。在深圳青春文学精品工程项目即将迎来新的十年，由两个深圳男孩创作的长篇小说《狼啸》和《控脑游戏》给我们带来了新的惊喜，一批幻想小说、成长小说和文化散文集也进入了出版视野。

　　现就读于深圳高级中学的高二学生，深圳十佳文学少年获得者，阳光男孩马知行，健硕的身材，健康的古铜色，也是一个动物爱好者，养有一只宠物变色龙，他对动物行为学的研究也到了痴迷的地步。爸爸是老马，儿子是小马，几乎每个寒暑假，老马都要自驾车，带着小马云游四方，小马的很多文字便是在旅行中完成的。《狼啸》以红狼坎坷的生命历程为主线，集中刻画了红狼、狼王、狼群"二把手"、豺王、母豺等主要角色和猎人、黑马、岩羊、猞猁、眼镜蛇、猎狗等配角。有追捕，有逃亡，有打斗，有诡计，有得失，有喜乐，有恩怨；有正义和邪恶，有个体和团队，有睿智和勇敢，有谦让和忍耐，有亲情和友情，这体现的正是阳光写作的根本要义，正如动物小说王子袁博在他的动物小说创作宣言所说："文学不仅用于书写人类社会，也用来书写自然和生命最本质的哲理。而动物小说是用作者的体验去审视人类之外的其他生命的一扇窗口。
在我的动物小说中，我试图去书写一段生命的历史，写下一个
种群在自然变迁的历史背景中的生命际遇。"

　　现就读于深圳科学高中的高二学生王艺博，初中就读于深
圳实验学校，在深圳那场要经过六轮现场写作的马拉松式作文
竞赛中，他每场现场写作都写的是科幻小说，最终夺得季军
（初中第一名）。世界最优秀的科幻小说和科学漫画伴随了这
位腼腆少年的小学和中学时代，他似乎不太习惯与人打交道，
也许，他更喜欢与外星人打交道吧。在《控脑游戏》这部令人
脑洞大开的科幻小说中，主人公东方明和马清云作为正义力量
的代表，战胜了邪恶力量，夺回了科学家脑电波的控制权，从
而拯救了人类。艺博的父亲是一位博士，也是孩子科幻小说第
一个读者，艺博的父亲要求的是硬科幻，是建立在一定科学原
理基础之上的幻想文学。为此，他还带着艺博到华大基因实地
考察采访。《控脑游戏》就是这样一部具有创意写作某些特质
的作品。

　　动物小说和科幻小说，这两种文体对作者的自然与人文科
学知识储备要求更高。我们非常高兴地看到，走进读者视野的
这两位深圳男孩，一个是动物行为学的爱好者，一个是生物科

LANGXIAO
狼　啸

学、机器人的痴迷者，都立志成为学者。也许《狼啸》和《控脑游戏》文笔尚且稚嫩，甚至还带有某种模仿的痕迹，这些都不打紧，人生的路还很长，写作的路还很长，每一个文学少年的未来都有无限的可能性。

　　深圳青春文学精品工程的未来十年也有着无限的可能性。我们将更多地引入专家团队、扶持文学社团、孵化优秀作品、聚合出版资源、设立专项扶持，让每一个爱好写作的孩子都有实现梦想的机会。

　　新的十年，新的期待。愿《狼啸》和《控脑游戏》能为我们开个好头。

　　是为序。

2017年7月15日

（作者系深圳市学生文联秘书长，

著名阅读与写作推广人）

目 录

目 录

第一章　豺狼混战

又是一年春天。

卡鲁平原在熬过了几个月的寒冬后，总算是迎来了生机勃勃的时节。许久不见的太阳躲开云层，肆意地展现着自己的光和热，将大地炙烤得暖洋洋的；广袤的平原虽然还没从冰雪中彻底缓过劲来，但已经蓄势待发，时刻准备披上绿色的新衣；冻结的珍宝江已经化开了，汩汩流水在阳光的照耀下闪烁着光芒。

珍宝江是这一带有名的大河，因为渔产丰富，所以被当地的人们称为"珍宝江"，意为宝物之河。

珍宝江边，一群红色的动物——卡鲁迪亚豺群，在豺王卢克的率领下，正到处寻找着食物。

这是卡鲁平原上最大的豺群，光是身强力壮的大公豺就有二十多匹。不久前，卢克打败老豺王塞拉，登上了豺王宝座。一到春季，食物丰富起来，卢克就按照以往豺王留下的传统，带领豺群去珍宝江捕猎。

每逢此时，珍宝江的江水刚解冻，许多刚过完冬的鱼都会游到浅水。鱼儿们还没有从冬季的状态恢复过来，身体都僵硬着，根本游不快，这时就轮到豺们上场了。往往只要在江边等上一小会儿，就有鱼浮上水面换气，豺们就趁机抓住它们。平时怎么捉也捉不到的大鱼，这时全都成了豺们的盘中餐。

几匹小豺没有等豺王发起命令，就迫不及待地跑到岸边，卢克也不生气——捉鱼对年龄小的豺来说，既是有趣的游戏，又是锻炼捕食技巧的好机会。

一匹小豺，可能还没吃过鱼这种奇怪的生物，看着同伴已经开吃，却不知道怎么下口。它试着用爪子轻轻碰了碰脚下的小东西。鱼受了惊吓，拼尽全身力气乱蹦，鱼尾在小豺的脸上重重地拍了一下，把小豺吓得夹着尾巴跑进了草丛。

卢克看见了这一幕，不禁大笑——它以前也是这样年幼无知。它径直走向一条最大、最肥的草鱼——它是豺王，理应享

受最好的待遇，吃最好的食物。

　　每匹豺都找到了自己的食物，趴在河岸上，一边享受着阳光，一边吃着美食。卡鲁迪亚豺群在珍宝江停留了足足五个小时，每匹豺都吃得肚皮圆滚滚的。

　　"嗷！"一声凄厉的豺嚣打破了豺群的平静。

　　整个豺群笼罩着不安。

　　卢克最先蹦起身，寻找尖叫声的源头。

　　一团黑影从不远处的草丛中突然冒出来，它的嘴里叼着一匹小豺——正是那匹离群的小豺！卢克难以置信地瞪大了双眼——那是凯拉——卡迪迦那狼群的现任狼王！

　　这匹健壮的大公狼眯着眼打量着卢克，眼神中分明带着几分轻蔑。它嘴一扬，将小豺抛得老远，小豺宛若一块没有知觉的木头，重重地摔在地上。

　　小豺已经断气了，但是眼睛仍瞪得溜圆。可怜的小豺，还没长多大，甚至连鱼的鲜美都没尝过就死在了狼的嘴下。

　　母豺们看着死去的小豺，都紧紧地护着自己的孩子。

　　"嗷！"一匹母豺突然撕心裂肺地尖叫起来——它也许是小豺的母亲。母豺眼中充满了痛苦、愤怒与悔恨，没有丝毫犹豫便向凯拉冲去——它的速度如此之快，宛若一团红色旋风！

母豺眼看就要冲到狼王面前，另一匹大公狼突然从草丛中一跃而起，像一道闪电，一口咬住了母豺的脖子，空气中传来了喉管清脆的断裂声……

那匹大公狼松开了母豺的喉管，母豺的身子立刻像断线的木偶般瘫软下去。但大公狼并没有就此结束恶行，它向前走了两步，一口咬下母豺的尾巴，并把尾巴叼在嘴里，面对着卡鲁迪亚豺群。风吹过，鲜红色的豺尾随风摇摆，仿佛一朵盛开的雏菊。

卢克已经忍无可忍了！

卡鲁迪亚豺群和卡迪迦那狼群不久前才有过冲突。那是一个严冬的夜晚，卡鲁迪亚豺群已经三天没吃东西，为了活命，它们冒险狩猎一头公野牛，先后有三匹大公豺葬身于牛蹄下。

正当豺群准备分食牛肉时，凯拉带领着卡迪迦那狼群出现了。狼群以力量和数量上的绝对优势，打败了豺群，抢走了牛肉。更过分的是，凯拉竟然当着豺群的面，咬死了卢克的爱妻。今天相遇，它又害死了一匹小豺和一匹母豺！

"嗷！"卢克一声令下，早已蓄势待发的大公豺们马上冲向狼群，与狼们厮杀起来。

卢克与凯拉单打独斗。

从体型上看，凯拉要比卢克高半个肩胛，力量上完全可以压制卢克，而且论当首领的经验，凯拉要比卢克丰富许多。战斗刚开始，凯拉明显处于上风。

可卢克也不是吃素的，它能当上豺王，靠的就是谋略。卢克最擅长打消耗战，之前与前任豺王塞拉争夺王位，就是靠消耗战取胜。

卢克虽然看上去处于下风，但它其实在很灵巧地闪躲着凯拉的噬咬。

一阵周旋下来，凯拉已经有些体力不支，开始大口喘气了。卢克却越战越勇，在灵活躲避凯拉的攻击后，开始伺机对凯拉进行反击。渐渐地，凯拉的身上出现了许多伤痕，胜利局势开始向卢克这边倾斜……

这时，一匹母狼偷偷钻进灌木丛，瞅准卢克抵御凯拉攻击的空当，猛地冲了上去，一口咬住卢克的后腿，凯拉顺势一个大转身，准确无误地叼住了卢克的喉管……

两匹狼配合得天衣无缝！豺王卢克死了！

卡鲁迪亚豺群顿时乱成了一锅粥，四散逃离——豺王死了，代表着豺群没有了主心骨，刚刚还抱团在一起的卡鲁迪亚豺群，仿佛成了一盘散沙。

　　还在大口喘息的凯拉，耐不住内心的兴奋，向群狼发出进攻的信号。狼们立刻士气大增，它们好像早就分好了工，每匹狼分别追赶一匹豺。

　　狼群的"二把手"——大公狼蔡迪，盯上了一匹年轻母豺，一直追赶着它不放。

　　母豺名叫奈亚，年轻貌美，还没有生过孩子，但蔡迪可不会在意这些，在它的意识里，没有"怜香惜玉"的存在，更没有"同情"二字。

　　奈亚很无奈，只能不停地逃命，把所有豺能使出的蒙骗手段全试了个遍，可这匹公狼仿佛打了鸡血，就是紧跟着自己不放，它甚至已经能听见这公狼急促的喘息声了。

　　祸不单行。正当奈亚的体力几乎耗尽时，它又猛然发现前面没有路了，只有湍急的河水。前方无路可逃，后有公狼穷追不舍，进退维谷，情况危急，该怎么办？

　　蔡迪的血盆大口已经快要触碰到奈亚的尾巴，它张大嘴，试图去咬豺尾，牙齿闭合，发出清脆的碰撞声。

　　如果落到公狼的手上，奈亚肯定没救了；如果跳下河，兴许还有一线生机。

　　奈亚根本来不及多想，果断决定跳下河。它纵身一跃，水中炸出一朵漂亮的水花。

　　蔡迪只顾着追赶母豺了，没有发现前方的珍宝江，一下子停不住脚，也跟着一头栽下了河……

第二章　绝处逢生

奈亚不断地挣扎，拼命把头伸出水面，它感到无法呼吸。

豺本来就是名副其实的旱鸭子，而且在这条水流湍急的河里，豺的尖牙利齿根本派不上用场。奈亚只能用尽自己全身的力量拼命挣扎，努力把头露出水面，可这河深不见底，奈亚知道，如果它不赶快上岸，过不了多久，它一定会被淹死。

奈亚费力地伸出爪子，企图在两旁的石壁上找出可以抓握的地方。可水流速度实在太快了，它的爪子伸出去，在粗糙的石壁上划出了一道道印迹，却没有让它停留片刻。爪子也是长在肉上的，磕在坚硬的岩石上，奈亚感到疼痛难忍，急忙缩回

爪子。

爪子不行，就用嘴！奈亚张开大嘴，试图咬住一切能咬的东西，可在水流中，有什么能让它咬？奈亚的嘴一张一合好一阵，不但没有咬住任何东西，肚子里还灌下了不少河水。

突然，它感到有一丝带状的物体在嘴边飘来飘去，奈亚不假思索地立刻咬住了它——是一株水草。奈亚拼尽全身力气，使劲地咬住，这也许让是它活命的唯一希望！可惜救命草没能帮上奈亚，因用力过猛，水草不争气地被它的利齿咬断了。

奈亚已经精疲力竭，无力地做着垂死挣扎，水渐渐地漫过了它的头顶，它几乎放弃了活下去的希望。

正在这危急的关头，情况出现了转机——不远处，一棵巨大的枯木，随河流迎面漂下来。只要能爬到枯木上，它就有救了！奈亚的心里又重新燃烧起了求生的火焰。

潜能往往是在最关键的时刻爆发出来，一点也不会游泳的奈亚，这时竟然奇迹般地学会了游泳！它咬着牙，游得很吃力，一边努力与水流抗争，一边等着枯木靠近……

"呼……呼……"奈亚终于得救了！它无力地趴在枯木上，大口地喘息。它的力气几乎耗完，现在只想躺着，舒舒服服地睡一个安稳觉。

　　"呕！"一声嚎叫令奈亚懒散地睁开了眼睛——就在枯木的左前方，大公狼蔡迪正可怜巴巴地趴在一块石头上，向它呼救呢。

　　奈亚惊喜地瞪大了双眼——来啊，你不是很能耐吗？对我穷追猛打呀！没想到你这匹公狼也有今天！

　　原来，蔡迪只顾追赶母豺奈亚，一头扎进珍宝江后，也差点丢了性命。

　　豺不会游泳，而狼和豺有着共同的祖先，所以狼的水性也好不到哪去。蔡迪在水中不停地扑腾，好不容易在石壁上找到了一处可以抓住的凹槽，已经在那里停留了好一会儿，现在双爪无力，马上就坚持不住了。

　　这时，眼看着奈亚趴在一棵枯树上，慢慢地随着水流向自己靠近。求生的本能让蔡迪放下了尊严，向母豺求救。

　　奈亚看着蔡迪，却没有一点想救它的打算——这匹公狼企图杀死自己，害自己掉下珍宝江。幸好老天爷眷顾自己，给了自己一艘救命的"树舟"，现在这厮自食其果了，为什么要救呢？反正自己现在安全了，看着公狼在河中自生自灭，倒也是一种乐趣。

　　突然，前方的河中央出现了一个巨大的漩涡，河水的流速瞬间加快。蔡迪感到自己的脚开始抽筋——它很快就抓不稳石壁了，危在旦夕。

　　蔡迪知道，奈亚肯定不会来救自己，于是它决定不再向奈亚求救，只是死死地扣着石壁凹槽。

　　天色渐渐暗下来，河水中的漩涡慢慢向蔡迪靠近。

　　漩涡推着"树舟"在原地转圈。不知怎的，奈亚突然感到一阵心慌。原始本能告诉它，不能让蔡迪死在漩涡中，自己其实也是暂时脱险，甚至还是生死未卜，如果这匹大公狼能和自己一起共渡难关，肯定比自己单枪匹马存活几率要大。而且，天黑了，有个伴，奈亚心里会更安稳。

　　蔡迪咬咬牙，闭上眼睛，等待着死神的到来——与其这样屈辱地死去，倒不如来得痛痛快快——它松开了爪子！

　　没有如蔡迪预想中的那样，被河水漩涡卷走，它的后颈皮突然被什么东西咬住了。蔡迪吃力地回头——是奈亚，奈亚正奋力咬住自己的颈皮！

　　奈亚趴在枯树的末端，努力将脖子伸长，咬住蔡迪的颈皮，不住地摆头，示意它赶紧跳上"树舟"，自己也快支撑不住了。

　　蔡迪心里顿时涌过一阵暖流。它的双眼充满了感激，危难中伸出援助之手，奈亚仿佛就是自己的亲人。

　　终于，蔡迪再次顺畅地呼吸到了新鲜空气，它努力支起身子，将身上的水珠甩掉，被河水打湿的狼毛，又重新舒展开，使得蔡迪的体型增大了不少，露出一股雄性的魅力与奔放的野性。

奈亚目不转睛地看着蔡迪，心情十分复杂。

蔡迪突然靠近它，侧身躺下，将自己的要害——肚皮——袒露在奈亚的面前。这是狼和豺种族里通用的，弱者向强者表示屈服的肢体语言和礼仪。

奈亚愣住了！这匹公狼还算有情有义，在对自己表示感谢呢。

一阵风吹过，冷飕飕的。奈亚打了个喷嚏，瑟瑟发抖，它浑身是水。蔡迪立刻爬起来，将身体贴近奈亚，用体温帮助它取暖。

蔡迪舒展的狼毛，吸附着奈亚身上的水，半个身子湿透了，但它却一动不动，忍受着春夜里的寒风。

一狼一豺，就这样，贴紧着身体沉沉睡去……

第三章　惺惺相惜

夜深了。

"咚！"一声沉闷的巨响，伴随着一阵剧烈的震动，随后一切又归于沉寂。

奈亚和蔡迪几乎同时从睡梦中惊醒。它们迅速站立起来，睁大眼睛望向茫茫夜色，既兴奋，又害怕——这一声巨响，意味着枯木已经撞上坚硬物体，它们离陆地已经很近，很快就可以着陆了！

狼和豺都是群居动物，脱离了群体，生活会碰上困难。而且如果这里有狼和豺的天敌——孟加拉虎或者狮子，失去了群体的庇护，它们的处境将会十分危险！

　　蔡迪胆子大些，谨慎地观察了一下周围的环境，慢慢地跳下了枯木。

　　"树舟"粗壮的枝干与陆地碰撞，紧紧地卡在了河岸的一个大石缝里。果然是陆地！

　　"噢！"蔡迪兴奋地欢呼，催促奈亚赶快下来。

　　奈亚有些犹豫——虽然到达陆地后，它们有可能找到食物，但这个陌生的地方，不见得比待在"树舟"上安全，如果这里有天敌，那它的小命可就不保了！自己还没有结婚，还没有当过妈妈呢！奈亚这么想着，迟迟没有下来的意思。

　　蔡迪见奈亚不愿意离开"树舟"，耐不住性子，又折回到枯树上。

　　"噢！"蔡迪在奈亚耳边轻柔地呼唤，催它赶快下去——我们好不容易找到了陆地，赶快下去啊，我们一起捕食，一起找到更安全的地方。

　　"嗷！"奈亚干脆蜷缩起身体，把头埋进身体里，表达自己对蔡迪的建议不感兴趣——这里随时都有危险，谁知道有些什么东西，干脆等"树舟"带我们回家吧。

　　奈亚的傻，让蔡迪又好气又好笑，更有些着急。这样等着，是不可能回得去的，当前最重要的是赶快离开河面，寻找更安全的栖息处。

一股激流突然涌过，强烈的震感从脚下袭来，奈亚和蔡迪都清楚地知道，"树舟"即将被水流冲走！可奈亚被激流吓傻了，身体瑟瑟发抖，头还一直埋着，迟迟不敢抬起来。

"树舟"已经开始剧烈摇晃了，而在它们的前方，再次出现了一个巨大的漩涡，规模之大，力道之狠，即使在"树舟"上，一旦被卷入，也绝无生还的可能。

在这千钧一发之际，奈亚突然感到后颈部传来一股强大的力量，自己的脖子被紧紧咬住了，瞬间，它的身体便飞了出去。

奈亚跌倒在柔软的河滩上，呆呆地看着那棵已经被水流冲走的"树舟"。

蔡迪还保持着抛出奈亚时的姿势！那一刻，奈亚呆了，它看着蔡迪，好像它并不是一匹凶恶的狼，而是一匹英俊的大公豺！

说时迟那时快，就在枯木即将没入漩涡的一刹那，蔡迪全身肌肉紧绷，拼尽全力，纵身一跃……

蔡迪的身影在夜空中划过一道美丽的弧线，宛若天上的流星……就在蔡迪落地的同时，枯木被卷进了漩涡，转眼间便不见了踪影。

　　蔡迪从地上爬起来，抖抖残留在毛上的泥粒，仿佛什么事也没有发生。

　　奈亚赶紧一路小跑，来到蔡迪身边："嗷"——你没事吧？

　　蔡迪没有回答，奈亚更着急了，正对蔡迪，想看看它的脸。刚低下头，蔡迪一对狼眼炯炯有神，在夜色里散发出诡异的绿色荧光，奈亚心头一个激灵。

　　蔡迪突然直立起身子，自豪地昂起头："嗷"——母豺送给我的一条命，现在我还了，谁都不欠谁了！

　　奈亚心里激起一阵热浪——没想到这家伙还记得它的救命之恩，看来，狼也不是那么忘恩负义……它赶紧用尾巴把蔡迪的嘴捂上——如果这里有它们的天敌，听到了蔡迪的狼啸，肯定会被吸引过来的！

　　蔡迪懂得奈亚的意思，任凭柔软的豺毛在自己的脸上蹭来蹭去，但这动作弄得它直想打喷嚏！

　　黑沉沉的夜，仿佛无边的浓墨重重地涂抹在天际，连星星的微光也没有。周围静悄悄的，不知名的小虫子偶尔鸣叫几声，"啾啾……"，一只夜鹰懒散的叫声不时从远方传来。

　　这是一个偏远的小山岭，没有名字。

这里对蔡迪和奈亚来说，实在是太陌生了，它们一直保持着高度警惕。

天空飘起了小雨，蔡迪和奈亚好不容易才从水里挣脱出来，才不想再变成落汤鸡呢。它们向不远处的小树林走去，想在里面躲躲雨。

突然，一道刺眼的白光划破天空，硬生生地把乌黑的天空劈成了两半。紧接着就是轰隆的一声雷响，几乎同时，一团火球准确无误地砸进了树林。

这是这片地区最出名的"球状闪电"，专门在下雨天出现。

树林里燃起了大火，火势并没有因为下雨减少半分，反而越烧越旺了。

蔡迪和奈亚惊得目瞪口呆——在它们的领地卡鲁平原，从没有见过"球状闪电"，更不知道闪电还会引发山火。刚才还准备进树林躲雨呢，真险！

雨渐渐下大了，地面被豆大的雨点打得尘土飞扬。闪电像银蛇一样在空中穿梭着，一次又一次地照亮了整个荒野，轰隆隆的雷声震耳欲聋，好像可以把任何东西震碎。

"球状闪电"再次出现，这次直接落在了灌木丛里，将灌木丛中的植物烧尽了。

奈亚和蔡迪顾不得多想，一路狂奔，赶快逃离了这片危险的地带，在不远处的小山峰上，找到一个干燥的洞穴住下。

第四章 舍身救妻

天大亮了，雨也停了。

天空像被洗过似的，蓝蓝的，好高好远，几朵白云在嬉戏追跑，初升的太阳一会藏在云朵背后，一会跳上云端。

奈亚睁开眼睛，伸了个懒腰，走出山洞。它转头看看还在熟睡的蔡迪，内心泛起了一丝波澜。

蔡迪此刻正侧身躺在山洞中，这匹平时就爱睡懒觉的公狼，全然不知已经天亮。这也难怪，它们在枯木上待了那么久，既忍痛挨饿，又担惊受怕，早就精疲力竭了。

这时的蔡迪，挺像一只可爱的小狼。它侧躺在松软的地上，四只脚交错摆开，露出平时不轻易显露的雪白肚皮。两只狼耳时不时抖动，即使在睡觉时，也时刻保持着高度警惕，倾听着外面的风吹草动。这是狼的本能。

"嗷！"一声突如其来、短促而刺耳的豺嚣，将睡梦中的蔡迪惊醒，它立刻翻身起来，做好御敌准备。要是这地方有豺群——和狼水火不容的豺，那它可真是无处可逃、插翅难飞了！

而站在它面前的，的确是一匹豺——奈亚。奈亚那窃喜的表情，已经出卖了自己。

蔡迪长吁一口气，两眼怒瞪着奈亚——你干吗要耍我！奈亚笑得更疯了——只有这样你才起得来啊，睡得那么死！

蔡迪白了奈亚一眼，将自己的身子拉得长长的，打了一个长长的哈欠，再活动活动筋骨，走出了山洞，

一只带着小羊羔的母山羊，正巧从山洞边路过。这可真是"天上掉馅饼"。蔡迪毫不费力地将两只羊拖进洞，与奈亚一起享用美味早餐。

石洞成了蔡迪和奈亚的临时住所。

奈亚感到很幸福，它常常用一幅无比信任的神情，瞪着一双乌黑的眼睛望着蔡迪。这可爱的信任，换得了蔡迪的怜惜和

爱抚，时不时伸出长长的舌头为奈亚梳理毛发，乐得奈亚很享受地松弛着身体，眯缝着眼睛。

不是冤家不聚头。一狼一豺，历经磨难，生死相依，在特殊的时期，最终大胆打破常理规矩，结成了伴侣。

蔡迪和奈亚婚后生活很美满，它们似乎没有再回卡鲁平原的打算，重新寻找到了一个更隐蔽、更宽敞的石洞，安居下来。

两个月后，奈亚的肚子明显隆起，它怀上了小宝贝。

蔡迪年轻力壮，对奈亚无比忠诚，平时，蔡迪出去捕食，奈亚就挺着大肚子，舒舒服服地躺在石洞里。

蔡迪很爱它和它们的小宝贝，生怕奈亚着了凉，晚上总是依偎在它身边；有时运气不好，捕回的猎物很少，即使自己不吃，也要把奈亚喂得饱饱的，每顿都让它吃得大呼撑得不行后，自己才吃剩下的食物。

一天午后，奈亚正躺在石洞中休息。

"嘶……嘶……"很细微的响声，奈亚丝毫没有察觉。

一条光滑、细长的眼镜蛇，贴着地面，偷偷潜入洞内。它绕到奈亚的身后，直立起身子，露出尖牙——眼镜蛇的牙床里有毒腺，毒液可以顺着牙齿的凹槽注入猎物体内，一滴就足以杀死一匹成年豺狼！

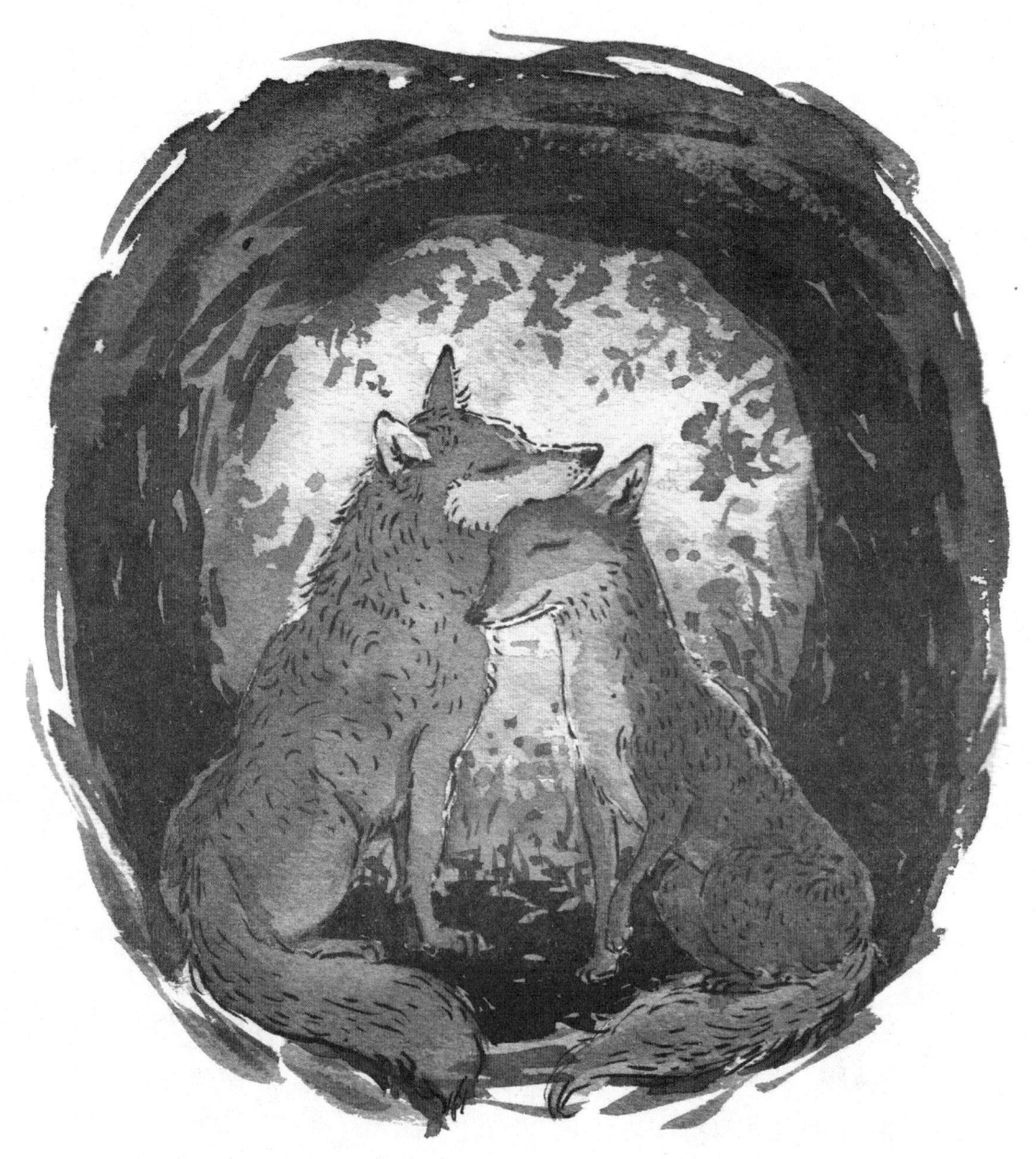

眼镜蛇慢慢地靠近奈亚，奈亚全然不知危险的到来，还趴在那里闭目养神。"啪！"眼镜蛇的目光全部集中在奈亚身上，没有注意前方，不小心碰翻了一块石头。

奈亚瞬间站立起来。它知道，肯定有东西入侵！

眼镜蛇见计划被破坏，趁奈亚还没发现自己，准备先下手为强。它的身体开始往后"拉弓"——这是蛇类发起进攻的前兆！

奈亚转过头，发现了眼镜蛇，可是为时已晚，眼镜蛇已经蓄势待发。

如果是以前，奈亚身体灵活，在与眼镜蛇的较量中也许还有一线生机。可是它现在身怀六甲，挺着大肚子，行动十分不便，根本不可能逃脱。

奈亚的大脑一片空白——我才当上妻子，还没当成妈妈，难道就要离开丈夫，和肚子里的孩子一起死去吗？

正在这紧要关头，一道身影闪电般飞过——蔡迪，在眼镜蛇发起攻击的一刹那，扑在奈亚身上……蔡迪的大腿上，被咬了两个小洞，鲜血直往外冒。

奸计得逞的眼镜蛇企图逃跑，蔡迪忍住剧痛，反身扑过去，一口咬住蛇的七寸。眼镜蛇眼珠暴突，拼命张大蛇嘴，身体死死勒住蔡迪的脖子，蔡迪感到大脑缺氧，牙齿却咬得更紧。

眼镜蛇被蔡迪活生生地咬成了两段，缠绕在它脖子上的蛇尾也变得松弛，耷拉下来。

蔡迪没来得及喘一口气，赶快提醒奈亚："嗷"——快点出洞！

奈亚很担心蔡迪的伤情："嗷"——为什么？你都受伤了。

洞外飘进来一股腥风，奈亚心中的恐惧铺天盖地般席卷而来——这是让所有动物都惧怕的百兽之王老虎的气味！

这是一只雌性孟加拉虎，正处于生命的黄金时期，皮毛油亮，体格健壮，尤其是那条虎尾，特别粗长，就像一条硕大的鞭子。

老虎是狼和豺为数不多的天敌之一，一掌能拍死一只大公狼，一口能咬断一头公牛的脊椎，尾巴一扫足以让一只健康的豺瞬间变成歪脖子。

老虎的可怕，奈亚和蔡迪都知道，但是生物链中，老虎很少找豺和狼的麻烦，为什么这次不请自来了？

长尾雌虎的肚子微微隆起，一看就怀有身孕。野外的雌虎，会在生孩子之前，认真查看领地是否还有其他大型狩猎者的存在。如果有，为了确保孩子们的绝对安全，雌虎会不惜一切代价将它们赶走。

奈亚定睛一看，这才发现，蔡迪身上有许多新的伤痕，看来它刚才已经和老虎较量了！奈亚的眼里燃起了怒火，它忘记了自己肚子里的宝宝，想和长尾雌虎搏杀一番。

蔡迪屁股一甩，挤开奈亚，只身冲出洞外，跑向树林，长尾雌虎紧随其后。

奈亚以为蔡迪是想丢下自己逃命，却发现不太对劲——蔡迪跑一会儿停一会儿，不断地拉近与长尾雌虎之间的距离。

蔡迪即使受了点伤，但就它的体格和速度，也完全可以顺利把老虎丢得远远的，这家伙是玩的什么招？奈亚一头雾水。

"嗷——"蔡迪一声狼啸——快逃！逃得越远越好！原来，蔡迪是在吸引住长尾雌虎的注意力，引开老虎，好让它有机会逃生……

奈亚看了看自己的肚子，里面有小生命，这是它和蔡迪爱情的结晶……奈亚一咬牙，用最快的速度朝着反方向奔跑——它一定不能辜负了蔡迪的期望。

不远处，长尾雌虎和蔡迪激烈地搏杀在一起，只听见一声凄厉的狼啸由远及近……奈亚不敢停留，它很清楚蔡迪最后的一声狼啸意味着什么。

第五章　重返豺群

夏季。清晨。

天空露出了鱼肚白，预示着新一天的开始。雨水滴落在河岸旁植物的叶片上，仿佛散落着一颗颗闪耀的珍珠，稍有不慎就会坠落。昆虫们弹奏的小夜曲已经接近尾声，取而代之的是蝉鸣，知了知了，聒聒不休。

草丛中传来的一阵嘈杂声，让这些声音戛然而止。

奈亚顺着珍宝江支流，奋力地在草丛中快速穿行。它顾不得那些露水是否打湿了自己的毛发，忍受着饥饿和丧夫的悲痛，已经连续奔波了六天。

第五章　重返豺群

奈亚知道，自己挺着大肚子，很难在野外找到食物，不久之后，它就会与腹中的孩子曝尸荒野。它希望能回到豺群，只要回到那里，就一定有生存的希望。

奈亚不由得放慢了脚步，它的腿又开始抽搐了，那根深深地扎进了肉里的豪猪刺，令它左后腿生生地痛。

豪猪是一种肉质细嫩、味道鲜美的动物，但却很少被肉食动物捕食。这都得归功于它有强力的防护装甲——豪猪的背上布满了尖刺，而且非常坚硬，只要扎进肉里，就很难弄出来。

两天前，奈亚为了补充体力，捕食了一只路过的小豪猪。左后腿也在那时不小心扎进了一根刺，怎么也拔不出来，伤口已经开始发炎了。

疼痛使奈亚几乎不能继续行走了。但它看了看自己的大肚子，里面有它和蔡迪生命的延续，蔡迪为了保护它和孩子们，命丧虎腹，它绝不能让蔡迪白白牺牲！奈亚不觉加快了脚步，向卡鲁平原——卡鲁迪亚豺群经常出没的地方赶路。

终于，奈亚走到了当初掉下珍宝江的河岸处。三个月过去，岸边的血迹已经很淡了，显然卡鲁迪亚豺群并不在这里。

奈亚闻到了一股刺鼻的狼群尿骚味——将尿液洒在地区周边，是动物划分自己领地的一种方式。看来，在上次的打斗中，卡迪迦那狼群大获全胜后，已经将动物们共同拥有的珍宝江划为自己的领地了。

奈亚迂回着路线，尽量不与狼群正面接触，凭着记忆继续赶路，终于找到了那块巨石——豺群的大本营。

几匹带着小崽的母豺留在这里，其他的大公豺，可能都跟随新豺王去捕猎了。

一匹母豺看见奈亚，特别高兴，立刻迎上来，像久别的亲人一样，脖子紧紧挨着奈亚，不停地爱抚着它。

它叫兰菊，得名于它一身蓬松柔软、美如菊花的豺毛，和奈亚一般年纪，是奈亚在卡鲁迪亚豺群里最好的朋友。想当年，它俩都是豺群里数一数二的"美女豺"。

兰菊带着奈亚来到巨石下阴凉处的山洞里，让它侧身躺下。奈亚连续奔波了七天，只喝了一点水，捕获了两只老鼠，一只小豪猪，已经累得快要虚脱了。

在大热天里，食物不好储存，容易腐败生蛆。兰菊找不出可以给奈亚充饥的食物，急得像热锅上的蚂蚁。

这时，豺王带着大部队和一只断气的母羚羊回来了。

新豺王名叫莱斯，是卡鲁迪亚豺群中一匹心狠手辣、野心勃勃的公豺。豺王卢克刚死，它就怂恿其他大公豺斗殴，自己坐收渔翁之利，一举登上了梦寐以求的豺王宝座。

兰菊来到豺王面前，详细汇报了奈亚的遭遇，希望能给它一点食物帮助奈亚。不料，莱斯坚决反对："嗷！"——不可能！现在豺群听好了，如果谁还敢管那匹母豺，我就把它赶出豺群！

莱斯这样做，是因为它一直都记恨着奈亚。

奈亚是豺群中最漂亮的母豺，很多大公豺都对它垂涎三尺，莱斯也不例外。不知奈亚是不是故意在吊它们的胃口，到了发情期，一点举动也没有，公豺们向它献殷勤，它也爱理不理。

慢慢地，奈亚身边的追求者都经不起打击和折磨，纷纷离开了，只有包括莱斯在内的三匹大公豺，一直没有放弃。有一次，莱斯给奈亚送去一块上好的牛排，奈亚可能是真的饿了，大口大口地吃着牛排。这让莱斯欣喜若狂——它认为，奈亚吃了它的牛排，就表示愿意成为它的妻子。

莱斯趁奈亚专心吃牛排，注意力分散，猛地跳上奈亚的背，企图强行占有奈亚。

奈亚大吃一惊，愤怒地将莱斯从背上甩下，狠狠地在它的肩胛上咬了一口，还把那块吃了一半的牛排，用力踩在脚下，抹上泥土。

从地上爬起来的莱斯，见自己被这样羞辱，发疯般地对着奈亚狂吼乱叫。从那以后，莱斯再也没有来找过奈亚。

几个月前，奈亚突然莫名其妙不知去向，如今回来了，还有了身孕。莱斯心里就更不平衡了——凭什么你能怀上别人的孩子，而不是我的？

奈亚突然感到腹部一阵剧痛，流出一摊污血——它要分娩了！因为长途跋涉，过度劳累，再加上营养不足，肚子里的小宝宝早产了。

奈亚高声尖叫，兰菊连忙回到奈亚的身边……经过几个小时地艰苦努力，奈亚终于生下了四匹小豹，两雄两雌，颜色无一例外，都是暗红色。

小东西们刚生下来，眼睛还没睁开就知道找东西吃，张开小嘴含着妈妈的乳头，使劲儿吮吸乳汁。奈亚好几天都没有吃东西了，体内根本产不出多少乳汁，小豹们吃不饱，哇哇大叫。

兰菊已经过了哺乳期，也没有乳汁喂养小豹，急得原地打转。

奈亚一狠心，用牙齿咬破大腿的皮肤，鲜血喷涌而出。豹本就是茹毛饮血的动物，在它们的潜意识里，血是可以吃的好东西。

小豹们仿佛闻到了芬芳的乳汁，争先恐后地凑近妈妈大腿上的伤口，舔食血液。奈亚长长地舒了一口气，躺下沉沉睡去。

第六章　猞猁来袭

兰菊彻夜未眠，一直陪伴在奈亚的身边，生怕出现意外。

奈亚真的累了，侧躺着身子，睡得很熟。小家伙们也困了，缩成一团，挤进奈亚的怀中，把妈妈柔软的腹部当枕头。

兰菊生过一胎，有生孩子的经验。在奈亚分娩的过程中，它总感觉不太对劲。奈亚比它分娩时所花费的时间更长，而且分娩的过程十分艰难。按常理来说，刚出生的幼豺，个头不应该那么大，可眼前这四匹幼豺，不仅个头大，食量也比同龄幼豺多出不少。

最让兰菊感到奇怪的是，这四匹幼豺的毛色竟和普通豺的颜色不一样，既不是豺的鲜红，也不是狼的灰黑，而是两种颜色的混合！这可是史无前例的！直觉告诉它，这四匹小家伙肯定不简单！

　　兰菊安慰着自己，不要再想这些事，当务之急是要把好朋友奈亚照顾好，它现在的处境，也只有自己能帮上忙。兰菊起身离开山洞，它要去找些食物为奈亚补补身子。

　　就在兰菊离开山洞不久，一个黑影偷偷地窜了进来。

　　兰菊叼着一只刚断气的灰兔，一路小跑。"奈亚看到有兔子吃，肯定会很高兴的。"兰菊心想。

　　刚回到洞口，兰菊就感到情况不对——一种浓烈的血腥味从洞里弥漫出来！它顿时感到大事不妙，立刻衔着灰兔冲进洞去。一张丑陋的、沾满鲜血的脸，转头看了它一眼——猞猁！

　　猞猁外形酷似猫，但身材比猫大得多，属于中型猛兽。猞猁虽然长得像猫，但一点也不乖巧，十分凶猛，是极其危险的捕食者。

　　这只猞猁还没有成年，看来是饿极了才敢冒险窜到豺窝里找吃的。它的脚下，躺着三具小尸体，奈亚倒在一旁，脖子被抓伤，眼眶噙满了泪水，眼神充满了绝望和愤怒。

　　已经有三匹幼豺惨遭毒手，绝不能让事态更加严重！

　　兰菊丢下灰兔，连续几声豺嚣："嗷！嗷！"——豺们快来！有入侵者！

　　猞猁一愣，立刻转移了攻击目标，向兰菊猛扑过去。

　　虽然兰菊是母豺，但它丝毫没有退却，灵巧地展开了攻击，豺尾一扫，准确地抽中了猞猁的眼睛，猞猁怪叫几声，用爪子疯狂地挠自己的眼睛。

　　"嗷！嗷！嗷！"援兵大部队到了，猞猁没有再和兰菊纠缠，立刻跑出洞口。

　　洞外，已经站满了大公豺，每匹豺都流着口水——这可是平常难得品尝到的猞猁肉。

　　猞猁真是"初生牛犊不怕虎"，竟然毫不畏惧，露出自己尖利的牙齿，做好战斗准备。

　　豺王莱斯一声令下，两匹大公豺一拥而上，不到三秒，刚才还殊死抵抗的半大猞猁，就被撕成了几大块，豺们争先恐后地抢夺美食。

　　奈亚蜷缩在角落里，呆呆地看着孩子们的尸体，悲痛欲绝！

　　兰菊回到奈亚身旁，靠近它躺下，轻柔地安慰它——不要太伤心！我们是最好的朋友，你一定要坚强！

　　奈亚将头埋进兰菊的怀里，拼命地嚎叫，发泄着自己的痛苦情绪。

一个惊恐不安的小家伙，在山洞的深处怔怔地打量着兰菊和奈亚，那忽闪忽闪的眼睛散发出淡淡的荧光绿。

兰菊突然想起来——奈亚生了四个孩子，还有一个活着！它起身走过去，将这个柔软的小东西揽进自己的怀里。

这匹幸存下来的雄性幼豺，生性好动，猞猁进洞前它正巧独自跑到山洞深处玩耍，猞猁根本没有发现它。看见猞猁残杀它的兄弟姐妹时，它机智地安静下来，躲到了岩石背后。或许是老天爷赐予了它聪明的头脑，让它存活下来。

兰菊将小公豺放在奈亚的怀里。奈亚吃了一惊，内心情感不断交错：悲伤、愧疚、惊奇……最终，它搂着小豺，亲了又亲，还有一个孩子幸存，这是不幸中的万幸，它内心的那份激动，是不能用行动和语言表达出来的。

小豺有些厌烦了，用力挣脱了妈妈的怀抱，跑到兰菊身后。兰菊伸出长长的舌头，轻柔地舔弄着小豺，小豺舒服地躺在兰菊柔软而温暖的肚皮上，安静地睡着了。

小豺毛色暗红，特别是嘴唇和一对耳朵，与蔡迪特别相似。奈亚思忖半晌，终于下定决心给它取名为"红狼"。

名字中一个"狼"，是因为它长得确实像狼，也寄望它能像狼那样骁勇威猛；"红"则暗示着，它其实是豺，只不过与狼有几分相像罢了。当然，在奈亚的内心深处，这个名字，更有一层特殊的意义，它怎么会忘记自己深爱的丈夫蔡迪？怎么会忘记它临别前那一声长长的狼啸？

　　莱斯走过洞口，看见兰菊肚子上的红狼。它停下脚步，盯着红狼左瞧瞧右看看——它觉得，这匹小豺身上总有什么地方不大对劲，越看越觉得它不像一匹豺，反倒有些像一匹狼……

　　"这东西，分明就是一个小杂种！一定得找个机会，把它给解决掉！"莱斯心想，转身离开。

第七章 孤儿苦豺

幸存的幼豺——红狼，成长迅速，没过多久，体型便远远超过了同龄小豺。

红狼不仅体型大，而且特别胆大。它敢偷偷跑出山洞追赶蝴蝶，还敢对着路过的大公豺低声咆哮。

甚至，在其他小豺们还在吃奶时，它已经学会自己逮老鼠、捉青蛙吃了。这些技能都是妈妈教会它的，因为奈亚知道自己已经不能再保护它了。

回家途中扎进奈亚左后腿的那根豪猪刺，至今还在肉里，伤口早已开始溃烂流脓。动物世界没有医生，受了伤，就只能熬时间，碰运气，听天由命，自己慢慢康复；如果受了致命伤，那也相当于和死亡画上了等号。

　　奈亚就是这样，豪猪刺上的细菌逐步扩散，一天天慢慢吞噬着它的生命，它的身体已经一日不如一日；奈亚明白，自己不久就会离开这个世界，而最让它放心不下的，就是红狼。

　　红狼的身体素质比其他小豺好，虽然体型大，但由于食量大，食物不多，营养跟不上，长得皮包骨头，经常被小豺们欺负。而且，因为豺王莱斯下过命令，不准其他的豺靠近奈亚和它的孩子。所以，红狼特别孤独，它一直渴望结识几个朋友。

　　幸好奈亚还有好朋友兰菊，兰菊经常私底下来看望奈亚和红狼，给它们带些吃的。它是奈亚唯一可以信任的伙伴了！

　　厄运真的降临了。这一天，奈亚的心脏跳动骤然减慢，它张开大嘴，大口大口地拼命呼吸。兰菊正巧来看望奈亚，刚走进山洞，就发现了奈亚不对劲，"嗷"——奈亚，振作点，你不能出事啊！

　　奈亚见到兰菊，就像看到了救星，想叫却叫不出来，只是努力地朝兰菊的身后转头。兰菊回头一看——是红狼，奈亚的眼里充满了乞求和渴望。

　　兰菊明白奈亚的意思——奈亚是想托付它保护好红狼，自

第七章　孤儿苦豺

己才能安心离去。兰菊转过身，把一边玩耍的红狼一把搂在怀里，奈亚的眼神充满了欣慰，然后慢慢地合拢，安详地睡着了……

红狼失去了妈妈，压根儿也不知道爸爸是谁，成了一名孤儿。但在兰菊的庇护和教导下，红狼也算身体健康，掌握了捕猎技能。几个月后，已成长为一匹年轻的大公豺。

又是一年一度的苦豺选拔会，这是豺们最讨厌的日子了。

何谓苦豺？就是豺群中地位最低、生活得最累的豺。苦豺不仅活得苦，还肩负一项最重要的任务——为豺群当"替死鬼"——如果豺群被猎人包围，苦豺需主动出群，负责引开猎人，以一匹豺的生命，为豺群换来宝贵的撤退时间。

换句话说，谁当上了苦豺，就等于与"不幸"相伴了。当然，每个豺群里，只有一匹苦豺，而且必须要等这匹苦豺死后，才能另选一匹作为接替者。一般情况下，当上苦豺的豺，基本上没有活过一年的。

鉴于苦豺的工作性质比较特殊，所以一般由年老体弱的豺担任。在豺的圈子里，老年豺就是累赘——不但没有捕食能力，还多了一张嘴吃饭。这是大自然的生存规律，强者生存，弱者死亡。

莱斯站在巨石上，眼睛一遍又一遍地扫视着豺群，豺们都在内心祈祷，千万不要选中自己。

莱斯的目光最终聚焦在一匹公豺的身上——红狼！

是的，豺们没有搞错——这匹身材高大、体格健壮、精力旺盛的帅气大公豺，竟然被莱斯选为苦豺！这令在场的所有豺都大为震惊——挑选大公豺当苦豺？这可是史无前例的！

豺群的"二把手"弗雷跳上巨石，轻声问莱斯："嗷"——首领，您是不是弄错了？

莱斯没有回答，狠狠地瞪了它一眼，弗雷打了个激灵，夹着尾巴不敢再说话。

"嗷！"——同胞们，从今天起，这匹公豺就是我们新一任苦豺了！莱斯很神气、很高傲地宣布。

红狼可是一匹年轻的大公豺啊！豺们都揣着一肚子疑问，纷纷离开了巨石，回到各自的山洞。

兰菊来到红狼身旁，除了奈亚，也只有它才知道莱斯为什么要这样对待红狼。兰菊是母豺，不可能替代红狼，现在所能做的，只有竭力帮助和保护红狼，不让它发生意外。

红狼并不清楚莱斯的真实意图，甚至都没搞明白苦豺这个职位到底是做些什么，就傻傻地掉进了莱斯为它挖的"大坑"。

第八章　遭遇陷阱

冬季说到就到。

漫天大雪断断续续下了四天，卡鲁平原被厚厚的积雪包裹得严严实实。

雪好似扫尽了地面上的一切多余的东西。土丘、沟沿、灌木丛、枯树枝……所有带棱角的地方，都变得异常光洁而圆润；那些落光了叶子的树木上，挂满了毛茸茸亮晶晶的银条儿，而冬夏常青的松树枝上，挂满了蓬松松沉甸甸的雪球儿。风一吹，树木轻轻地摇晃着，那些美丽的银条儿和雪球儿，就簌簌落落地抖落下来。

雪景真美！可卡鲁迪亚豺群却无暇欣赏。

一大群豺藏在大本营后的大山洞里，它们整整四天没有吃到任何东西，每匹豺都饿得眼睛发绿，肚皮仿佛贴上了脊梁骨。

莱斯不止饿得难受，心里更紧张得发慌——对于它这位新上任的豺王来说，冬季，是一个极其危险极具挑战的季节。

在冬季，大雪封山，食物短缺，如果豺王不能带领豺群尽快找到食物，时间一长，就会失去民心，引发群体骚乱，豺王地位也会动摇。

大多数的王位争夺，都是因为豺群暴乱，一些"野心者"则有机可乘，豺群中可不缺乏"野心者"。

莱斯才当上豺王没多久，豺王位子还没坐热乎呢，可不能就这样轻易拱手送人。

"嗷！"随着一声无比凄厉又微弱的豺嚣，一匹幼崽终于没有扛过饥饿和寒冷，在爸爸妈妈的怀中死去了。

饿疯了的豺们，几乎同时用一种奇怪的眼神看着刚刚咽气的小豺——豺是可以食用同类死尸的，况且小豺刚死没多久，尸体还热腾腾，这不就是一顿梦寐以求的大餐吗？

几匹大公豺径直向前，对幼豺的父母低声咆哮——你们的孩子已经死了，识相的快走开，要不然连你们一起吃了！

幼豺的父母对视了几秒，夹着尾巴走到洞底，背对着孩子的尸体，它们不忍心看到这血淋淋的场面。

在饥寒交迫的关键时候，进食也已经不讲究地位的悬殊了。所有的豺一拥而上，像是发了疯一般，争先恐后地从尸体上撕下肉块。小豺太瘦了，一点点肉哪够它们塞牙缝。

豺们舔着嘴角，眼巴巴地期望着另一匹或多匹倒霉的豺死去，这样，它们就可以抢到一块肉，让自己活下来。

几匹老豺，虽然早已经摇摇晃晃，快站不稳了，但是它们仍然强打着精神，迟迟没有倒地。

红狼趴在地上休息。几天来，它一直保持着这种静息状态。

在它不远处，莱斯正在打着如意算盘——为什么不趁这个机会把这个家伙除掉呢？

莱斯来到豺群中央，高声发话："嗷！"——同胞们，我们正在忍受难耐的饥饿，现在，苦豺拯救我们的时刻到了，它的肉，会帮助我们渡过难关，我们会永远记住它的贡献。

豺们听得直流口水，不约而同地盯着红狼——这个大个子家伙，个头又大，肉又多又结实，真是一顿难得的珍馐。一双双贪婪、散发着绿色荧光的眼睛，把红狼包围了起来。

红狼被这突然袭击吓得不知所措，"嗷！"——你们为什么要吃我？我没有死掉，连倒地都没有！

尽管红狼拼命为自己辩解，可豺群还是在慢慢向它逼近。它赶紧往后退，而面前是一群饥饿的豺，背后却是冰冷的岩壁，红狼进退两难！

红狼真是命不该绝！

空气中突然飘来一阵甜甜的猎物气味，超乎寻常的灵敏嗅觉，令豺群一个个像蜜蜂闻到了花蜜，它们丢下红狼，转头跑出山洞。

白茫茫的雪地中央，一头受伤的黑色小牛犊躺在那里，特别显眼。

豺们欢呼着，为送上门的这一顿救命大餐而激动万分，特别高兴，个个劲头十足，只等莱斯一声令下。

莱斯不愧是豺王，警觉性明显高过其他豹。虽然饿得不行，但它仍然十分理智：这么冷的天，一头小牛犊无缘无故受了伤，身边没有母牛陪伴，还躺在豺群的上风口，这简直太不正常了！

当莱斯还是一匹普通大公豺时，就曾亲眼见过一匹豺正在雪地里吃肉，地面突然塌陷，那匹豺掉进了洞里，被洞中的捕兽夹齐腰斩断，一命呜呼。这是人类捕猎的惯用手段，而这次，也极有可能是猎人设下的陷阱！

第八章　遭遇陷阱

需要探探虚实！莱斯的脑子里迅速浮现出一个影子——红狼，它的脸上再次露出狡黠的笑容——如果不是陷阱，大家则可以解燃眉之急；若是陷阱，就借人类之手除掉红狼，一举两得！

呆望着不远处的小牛犊，红狼仿佛早已没有了刚才被豺群围攻的恐惧，也馋得直流口水。

莱斯走过去，轻轻推了一下红狼，并投去"赞赏"的目光——去吧！我知道你很想吃美味的牛肉，我批准你现在可以去吃！

红狼愣了一下，由衷地感谢豺王，头也不回地冲向了牛犊。

兰菊看穿了莱斯的把戏，刚想警告红狼，可为时已晚。离牛犊不到一米的地方，红狼果然一脚踏空……

红狼十分幸运，陷阱虽然很深，但底部并没有放置捕兽夹，它只受了一点轻微的擦伤。"嗷！嗷！"红狼焦急地向豺群呼救，可所有的豺，都绕到一边，径直扑向牛犊。

莱斯慢悠悠地来到陷阱口，红狼仿佛看到了希望："嗷嗷！"——首领！快救我！

莱斯冷笑一声——你就别想出来了！

红狼一愣，想起莱斯之前对它的种种苛刻、刁难，它终于明白了莱斯的真正意图！一时间，对莱斯的怨气、仇恨，一起涌上心头。

　　莱斯从早已断气身亡的牛犊身上，撕下一块肉，丢进陷阱——这是给红狼的酬劳，好让它做个饱死鬼。

　　红狼没有吃，而是将牛肉撕成了肉泥，踩在脚下。

　　莱斯转身离开了陷阱，它的背后，传来红狼毛骨悚然的嚎叫："嗷！嗷！"——莱斯，我一定会找你报仇的！

　　红狼声嘶力竭的叫声，竟然与豺的叫声格格不入，听上去，分明变成了一声声狼啸。

　　瞬间，豺群顿时停住，谁也不吭一声。

第九章　侥幸脱险

红狼停止了呼救，它已经绝望了。它已经暴露了自己具有狼的血统，而在动物世界，豺与狼不共戴天，豺们不可能救自己的敌人。

其实，红狼在成年后不久就发现了自己身上有狼的血统。

它比其他公豺更加高大强壮，毛色也更深，最明显的是，它经常一不小心就发出狼啸——红狼可不蠢，它明白自己与其他豺不同。在后来与卡迪迦那狼群多次相遇中，它终于明白了真相——自己既是豺，又是狼。

为什么莱斯要陷害我？红狼隐约记得，在它很小的时候，莱斯就经常为难它和妈妈；甚至到了妈妈病入膏肓的时候，豺王也一星半点食物都不给……妈妈受尽歧视和折磨，永远地离开了，现在就轮到自己了吗？

豺们只顾吃牛肉，直接无视掉了红狼。很快，一头重达百斤的牛犊，已被豺群剔得只剩下了一堆白骨。

这顿救命的食物，挽救了不少老豺和幼豺的性命。但它们心知肚明，正是因为红狼踩了陷阱，豺群才安全地获得这一顿美餐，将它们从死亡的边缘拽回来。

豺群中，一匹老豺小心翼翼地靠近陷阱口，其他老豺和幼豺也纷纷走过来，它们焦急地注视着红狼，心情十分复杂。

它们清楚，凭几匹老弱病残的力量，根本没有办法将红狼从陷阱中救出来。但它们更明白，红狼不是豺，而是一匹狼！

几匹年老力衰的老豺围着陷阱口转了两圈，它们的眼中充满了无奈："嗷！嗷！嗷！"一声声豺嚣表达对红狼的感谢，那些还没懂事，调皮好动的幼豺，虽然叫声不大，也跟着附和，认认真真地表示谢意。

莱斯发出撤退信号——豺群有序地撤离。豺嚣声由近及远，慢慢消失在卡鲁平原的另一端！

红狼对刚才的情景很受感动——老豺们已经知道它是狼，

却依然感谢它！红狼的眼角湿润了——看来，自己的牺牲，也并不是没有一点意义的……

红狼干脆趴着，闭上眼睛，仿佛在保存体力，又好像在等待着自己生命的终结。

"嗷！"一匹豺在轻轻地呼唤它。

红狼抬头一看，一个火红的身影，趴在积雪的陷阱边缘——是兰菊！

自从奈亚去世后，兰菊仿佛成为了红狼的代理妈妈，常常背着豺群陪伴它照顾它，对兰菊，红狼早就有了一种依赖感。

"嗷！"——兰菊阿姨，快救救我！

兰菊没有回应，只是趴在那里低头沉思。

红狼，确实有狼的血统，那就是豺群的敌人，当然也是它兰菊的敌人；可是，它又是自己最好的朋友奈亚的孩子，救不救？兰菊非常纠结。

兰菊猛然发现，红狼那双充满着焦急的美丽眼睛，是那么熟悉！奈亚的身影突然间从它的脑海间闪过……它清楚地记得，奈亚去世时，也用这眼神注视着它，有哀求，有感激，更有信任。它曾当着奈亚面发誓，要保护好红狼。

一定要救出红狼！兰菊毅然决定。

　　兰菊知道，现在只有一种方法能救出红狼，将自己的尾巴伸进陷阱——只要红狼咬住，就能借助它尾巴的力量，一步一步爬上来！

　　但是这个办法危险极大——豺的尾骨十分脆弱，假如红狼咬得太狠，兰菊的尾巴随时可能被咬断；如果咬得太轻，所有的努力就会功亏一篑。而且，如果兰菊没有足够的力量稳定好自己，红狼的体重会让它一起掉入陷阱……

　　兰菊尾巴自然下垂在陷阱口。

　　红狼果然聪明，立刻明白了兰菊的用意，它不停地在有限的空间里打转，寻找最佳起跳点。

　　红狼能不能顺利咬住兰菊的尾巴，是个未知数。兰菊尾巴的位置，大约在陷阱口以下的十厘米处，这个高度，恰好是豺跳跃的极限高度，即使是健壮的大公豺，也很难达到。

　　这时，红狼身体中狼的优良基因，起到了关键性作用。狼的身体素质本来就比豺好，跳跃更不在话下。红狼尝试了几次，一次比一次高……

　　兰菊突然感到尾部被重物往下拽——红狼成功咬住了它的尾巴！

　　兰菊早就做好了准备，嘴巴紧咬着一根粗壮的树根，两只前腿紧紧地抱住一个大石块，后爪死死扣住地面的凹处，在红狼体重的牵制下，几乎纹丝不动。

红狼的重量，还是让兰菊有些吃力，毕竟它的体型比成年公豺还要大。兰菊的爪子开始颤抖，一阵接一阵的刺痛不断袭来，尾巴也变得没有知觉了，但它明显感觉到，红狼的身体正在慢慢上升……

兰菊前腿抱住大石块松动了！兰菊的牙齿的负重立刻增加，它甚至有些喘不过气，意识渐渐模糊，它在心里默念："不能放弃！一定要成功！"隐约中，兰菊好像又看到了奈亚……

兰菊从昏迷中醒过来，发现自己躺在一个山洞里，红狼正陪在它的身旁。

它费力地起身，第一时间查看自己的尾巴——那条漂亮灵活的豺尾，分明多了一排咬痕，虽然伤口挺深，但只渗出来少量血液。兰菊动动屁股，尾巴有些别扭地摇晃起来。

红狼来到它跟前，仰面躺下，袒露出肚皮，做出臣服的姿势——这是红狼第一次放下尊严，由衷地对兰菊的救命之恩表示感谢。

兰菊没有动，甚至没有扭头看红狼一眼，不冷不热的回应，让气氛显得十分尴尬。红狼明白，是自己该走的时候了。

第九章　侥幸脱险

红狼告别了兰菊，走出山洞。它毅然决然地选择离开卡鲁迪亚豺群，永远不会再回到这个充满险恶和斗争的地方。

第十章　大战豺猁

　　寒冷的冬季，已经过去了一半，积雪未见消融，食物依旧稀缺。

　　红狼漫无目的地在雪地中行走。几天来，它一共只捕食到了三只老鼠。

　　离开卡鲁迪亚豹群的这一周，红狼受尽了寒冷和饥饿的折磨，有时候，它还有一丝后悔，甚至偶尔还想过回到那个曾经抛弃它的豹群，它希望看见那些熟悉的身影——那里有温暖，有食物，还有同类……

　　红狼摇摇头，它要让自己冷静一下。

　　这些想法都是不现实的。红狼现在必须找到食物，让自己活下去。今天不知道怎么了，在雪地中绕了大半天，它连一只老鼠的影子都没瞅见。

　　气温越来越低，红狼身上结了一层薄薄的冰霜。红狼知道，如果自己再不进食，增加能量和热量，就有可能会冻死，变成一具冰尸。

　　一阵冷风迎面吹过，空气中隐约夹杂着一股腥味儿。红狼立即两眼放光——离这里不远处，一定有动物的尸体！腥味这么浓，肯定还没死多久！

　　红狼不禁加快了脚步。

　　果然，三十多米处，一只颜色灰白体型比红狼稍小一点的动物，正在撕食一头羚羊。羚羊的肚子已被剖开，内脏在寒风中冒着热气，惹得红狼口水直流。

　　红狼慢慢靠近，想分得一杯羹。

　　正埋头撕扯羚羊的动物，听到了动静，立刻猛一回头，红狼愣住了——这家伙长得像猫，体型却比猫大出许多，四肢长而粗壮，尾巴却极短，特别是那对耳朵，非常显眼……

　　红狼依稀记得，似乎在哪里见过这种"大猫"。

　　"大猫"没有再理会红狼，仍然将头伸进羚羊的肚子里使劲捣鼓，拽出长长的羊肠大嚼。那一张猫脸，沾满了羊血，瞬间由灰白变成了鲜红。

红狼突然想起来了！它大吃一惊——它对这张脸印象太深了！这家伙跟当初悄悄潜入洞穴杀死它兄弟姐妹的凶手——猞猁，几乎一模一样！

红狼没有认错，这只"大猫"，的确是一只猞猁。只不过红狼小时候见到的，是一只半大猞猁，而眼前这只，已经成年。

猞猁是一种离群独居、孤身活跃在广阔空间里的无固定窝巢的夜间猎手，大白天的出来找吃的，估计也是饿坏了。

猞猁的性情狡猾而又谨慎，遇到危险时会迅速逃到树上躲避起来，有时还会躺倒在地，假装死去，从而躲过敌人的攻击和伤害。但它有个特点，尽管猞猁的攻击性极强，但如果你不去主动招惹它，它是不会贸然进攻的。

尽管那件事给红狼留下了阴影，可要是它再不进食，就真的要饿死了！红狼决定要从猞猁口中夺取食物，它径直走向羚羊。

"唔！"猞猁注意到红狼的图谋不轨，低声一吼，向它发出警告。红狼没有理会，它现在只想把肚子填饱。

猞猁转过身，做好攻击准备，大声向红狼咆哮——你再不离开，我就真的不客气了！

红狼不但无视狲猁的警告，反而加快了步伐——在它看来，食物才是最重要的！

红狼感到腹部突然遭受到一记重击，就被撞出了一米。它爬起来，腹部隐隐作痛，低头一看，雪白的肚皮上，赫然多出了一道爪痕。虽然没有伤到内脏，但皮被割破了，血丝从伤口渗出来。

狲猁站在羚羊旁边，两眼通红，毛发膨胀，利爪也从爪垫里伸了出来。只是被撞了一下，这么久才爬起来——狲猁有些不屑地看着红狼。

红狼更加警觉，倒吸了一口凉气——看来这个对手确实不简单！

狲猁虽然直属猫科，但比普通家猫大很多，异常凶猛；经验丰富的成年豺和狼，单枪匹马时，大都不敢去招惹成年狲猁；对于缺乏实战经验的红狼来说，这只狲猁，无疑是一个劲敌。

因食物缺乏，这只狲猁同样也饿了好几天，好不容易在雪地里抓住一只羚羊，正准备享用，半路却杀出个程咬金——一只像狼又像豺还像狗的家伙，死皮赖脸地想分一杯羹，它肯定不愿意。

其实，狲猁根本没把红狼放在眼里，它大摇大摆地走过来，将屁股对着红狼，放了一个屁，这是在羞辱红狼！

红狼气得七窍生烟，拼尽全力扑向猞猁，想让它尝尝疼痛的滋味，不料猞猁早有防备，灵巧地避开了它的进攻。

红狼扑了个空，滑倒在雪地上。猞猁闪到红狼背后，在它的尾巴上狠狠地咬了一口——猞猁内心没有跟红狼认真打斗的想法，只是在捉弄红狼！

红狼气得肚子都要炸了，一个反扑，却又落空了，红狼再次滑倒，躺在雪地上，一动不动。

猞猁以为红狼摔晕了，笑得十分狰狞，傲气地来到红狼身边，又把屁股对着红狼的脸，打算再次羞辱红狼。

猞猁猛然感到尾部一阵清凉，笑脸瞬间凝固——红狼突然蹦起来，"啪！"一口咬断了猞猁那短小又毛茸茸的尾巴，使劲吮吸里面的血浆！

猞猁痛得全身发抖，快速向前跑了十多米，才转头怒视着红狼，利爪再次迅速从爪垫里伸出，令猞猁没想到的是，自己平时惯用的"装死"伎俩，这家伙竟然也会！

这回，红狼真正惹怒了猞猁！

红狼丝毫没有意识到猞猁的愤怒，还叼着那根短小的尾巴，似乎这是一件非常值得它骄傲的战利品。

猞猁的攻击没有任何预兆，是悄无声息的。它突然迎着红狼狂奔，速度快得惊人，红狼还没有反应过来，猞猁已经到了它的面前，一只爪子朝红狼的脸上扇过来。

红狼深知猞猁这一掌的威力，假如被正面扇中，这片平原上就会又多一匹"歪脖豺"。

"噗！"红狼迅速趴下，感到头上热热的，殷红的鲜血顺着头部，一滴滴散落在雪地上，显得非常扎眼。

猞猁的嘴里，多了半只耳朵。"嚓嚓嚓！"猞猁一边狠狠地咀嚼那半只耳朵，一边愤怒地盯着红狼。

红狼惊恐不已，下意识地动了动耳朵，右耳还在，左耳已经没有任何知觉，它明白了，猞猁爪子何等厉害，刚才那一掌竟从自己头上削下半只耳朵！

一阵恐惧瞬间向红狼袭来。红狼知道，以自己现在的实力，根本不可能打败猞猁，得赶紧找个空隙逃跑，可是愤怒的猞猁根本不给它一点机会，红狼渐渐感到力不从心，它做好了殊死搏斗的准备。

猞猁一个冲撞，把红狼撞倒在地，露出了锋利的尖牙……

说时迟那时快，红狼顺势一个翻身，猞猁扑了个空，摔了个"狗啃泥"！

"呜！"猞猁一声嚎叫，侧身歪倒在地上。

这家伙又在装死！红狼跃起身来，准备再次迎战。

可眼前的状况却令它大吃一惊，猞猁倒在一旁，口吐白沫，双眼翻白。确实不是假装死去。

这毫无征兆的一切，让红狼不知所措，但它没有忘记自己是来干啥的！

红狼一瘸一拐地走到羚羊跟前，正准备一口咬下去，却发现了不合常理的状况——羚羊被剖开的肚子里，所有的内脏都变成了黑色。

红狼强忍住饥饿，冷静思考——刚才猞猁吃了羚羊的内脏，与自己打斗几招后，无缘无故地倒地，马上就要暴毙了，难道是这羚羊的内脏有问题……

想到这里，红狼恍然大悟——羚羊的内脏有剧毒！红狼连连后退了好几步，赶紧离羚羊尸体远远的。

猞猁倒在不远处，越来越虚弱，眼看就要咽气，双眼却瞪着红狼。

幸好猞猁不让红狼抢食羚羊，而红狼没有中毒，这家伙也算是救了自己一命。红狼叹口气，它当然知道猞猁想要什么，走到猞猁身旁，将那根短小的尾巴，放在猞猁身上。

　　猞猁慢慢地闭上了双眼，神态安详。红狼又看了它一眼，转身离开……

第十一章 巧遇狼群

随着时间一天一天地过去，红狼身体的暗红色，已经渐渐变成了灰黑色——标准大公狼的体色。

红狼对此感到非常的苦恼。在雪地里，灰黑色特别显眼，对它捕猎非常不利，虽然红色也有些扎眼；况且，它一直认为自己是一匹豺，如今变成这副模样，它想继续以豺的身份生活，已经基本不可能了。

红狼在雪地里奔波了一天，它什么也没吃，饿得实在是走不动了。肠胃正生生地痛呢，前方再次飘来一股令它无比兴奋的血腥味。

红狼这回学乖了，没有像上次那样贸然出动，而是放轻了脚步，警惕观察，慢慢靠近。

雪地里，一群狼正在撕食一只小牛犊。红狼下意识地想逃跑——在它的潜意识里，它自己还是一匹豺，豺和狼就是竞争对手。红狼慢慢后退，想赶快离开这个是非之地，不料后腿踩了空……

"嗷！"正在进食的狼群，突然听到动静，都抬起头，警惕地环视四周。

红狼中了猎人的计，又一次掉进了陷阱。幸好这只是一个废弃陷阱，早就被漫天大雪填充了一半，红狼摔在柔软的雪上，毫发未损；它很轻松地跳出了陷阱，却险些栽进陷阱边的一匹大公狼的怀里。

红狼的心狂跳不已——完了，遇上了狼，自己的小命算是玩完了。

可大公狼并没有像红狼担心的那样，把它碎尸万段，而是用一种奇怪的目光打量着它，就这样僵持了一会儿，公狼转过身，回去了。

红狼并不知道，它的体形与大公狼几乎一致，只是保留了豺的某些习性。而且，红狼身上的豺的气息，早已在这段独自流浪生活是里，渐渐淡化了。这匹公狼完全没有看出红狼的真实身份。

红狼惊奇地看着公狼转身离去，正感叹这是一个奇迹。准备赶紧离开，不远处浓浓的肉食味，又勾走了它的魂，它实在是太饿了！太想吃肉了！

就算被剥皮剔骨，它也认了！红狼一路尾随着公狼，来到狼群旁。

一匹身材特别健壮的独眼大公狼，走出狼群，径直来到红狼的面前——它是狼群的狼王。

红狼看着"独眼狼王"，顿时心里发虚，尾巴夹得紧紧的。

"独眼狼王"显然看出红狼很久没有进食，让一匹公狼叼来一块肉，放在红狼面前。

红狼愣住了——它一直以为狼都是万恶的，是冷酷的，没有想到，"独眼狼王"也这样的有情有义！

红狼感激地看了看狼王，大快朵颐起来。

"独眼狼王"看着正大口嚼食牛肉的红狼，突然感到有些伤感。

它曾经也拥有一个美满的家庭，它有妻子，还有妻子肚子里没有出生的孩子，一家子生活其乐融融。直到有一天，一个

不速之客打破了平静……

　　"独眼狼王"看着红狼，心想："要是我的孩子还在，也该这么大了吧……"

　　饥饿感终于消失了！红狼感到前所未有的满足。它侧躺在狼王面前，袒露出自己最脆弱的肚皮；红狼希望狼王能接受他，让它成为狼群中的一员。

　　不料，狼王却拒绝了它。"独眼狼王"深邃的目光，无限向往地望着远方的雪山——狼群准备离开卡鲁平原，另寻栖息地，而到达目的地，需要翻过严寒陡峭的雪山，红狼是"外来人员"，肯定经验不足，要是和它们同行，很容易送命。

　　红狼虽然不理解"独眼狼王"为什么拒绝它加入狼群，但它感受到，狼王是一个心地善良的首领，不让自己加入，一定有它的道理。

　　吃完牛肉，狼群稍稍休息了一会儿，差不多又该启程了。

　　"独眼狼王"向红狼告别，领着狼群向雪山进发。红狼看着狼群远去的背影，感觉自己和它们，特别是"独眼狼王"有一种莫名的亲近感。

　　狼群越走越远，最后消失在了寒风中。

　　红狼转过身，向狼群相反的方向赶路，红狼知道自己需要什么了——它迫切需要的，是一个家！原始本能驱使着它去寻找族群。

命运，有时就喜欢开玩笑。

"独眼狼王"曾经拥有一个奇特的家庭，它是一匹狼，而它的妻子却是豺。一狼一豺意外结合，它们脱离族群，结为夫妻。

它们的生活也算多灾多难，但又处处侥幸。

有一天，它被一条眼镜蛇咬伤，幸好并没有被注入毒素——这是一条太没经验的眼镜蛇，在牙尖咬入皮肉之前就将毒素排了出去……

也是这天，它捕完猎物刚回来，发现一只老虎在洞口徘徊。洞里有它身怀六甲的妻子，洞口太小，老虎钻不进去，于是悄悄守在外头。

它奋不顾身地与老虎搏杀，受了伤。为了创造机会让妻子逃命，它引开了老虎，打斗中，被老虎抓瞎了一只眼，也许是老天爷可怜它，在它走投无路时，前方出现了一个窄窄的石缝，它很顺利地钻了过去，老虎却生生被卡在那里动弹不得，它侥幸躲过了一劫。

后来，它历尽千辛万苦，终于找到了妻子以前所在的豺群，暗中观察了许久，却怎么也没有发现妻子。它认定妻子已经不幸遇难了。

　　回到卡迪迦那狼群后，狼王凯拉觉得它瞎了一只眼，不再适合做狼群的领导，于是把它贬为普通大公狼。

　　心灰意冷的它，干脆离开了狼群单打独斗，整天在原野上闲逛。

　　有一天，它遇到了另一个狼群，众狼被它们残暴的狼王所压迫。出于同情，它出手相助，打败了狼王，没想到群狼一致推举它成为新一届狼王。

　　没错，"独眼狼王"，就是原卡迪迦那狼群"二把手"——美女豺奈亚的丈夫——红狼从未谋面的父亲——蔡迪。

第十二章　有家难回

冬季已经过了大半，气候稍微好转，太阳拨开云层，把温暖的阳光毫不吝惜地洒向大地，难得的好天气。

一天中午，红狼在一棵大树根部，闻到了一股刺鼻的狼尿味。它已经跟踪这群狼很久了，这回终于找到了它们的大本营！红狼欣喜若狂，很想现在就冲到狼王面前，请求它接纳自己加入狼群。

红狼找到的这个狼群是卡迪迦那狼群。就是那么凑巧！

群狼趴在空地上，正享受一天中难得的阳光沐浴。

红狼长舒一口气，稍稍放松了紧张的情绪，走出藏身的草丛，径直向狼王走去，凯拉正侧卧在阳光充足的中心位置的一块大石块上。

红狼的现身，立刻引起了群狼注意。

负责放哨的"卫兵狼"，跑到红狼面前，向它发出警告，"嗷！"——请赶快离开我们，这里不欢迎你。

红狼没有理会它，它深信狼王凯拉会给它机会，因为红狼曾亲眼看见它收留了一匹流浪母狼。

那天，红狼是第一次见到卡迪迦那狼群。群狼正在撕食一匹小马驹，一匹流浪的小母狼也许是饿极了，走到狼王面前，乞求狼王给它一块肉。

凯拉从小马驹的背上撕下一块上好的肉，送给母狼。母狼吃完肉，希望加入狼群，狼王凯拉基本没怎么犹豫，很快就同意了它的请求。

红狼太单纯了，它并不知道，在豺狼社会中，只收留雌性流浪者。母狼和母豺越多，幼崽的生育数量就会大大增加，从而促成族群的兴旺局面。

而流浪公狼和公豺，对族群首领来说，甚至还会带来潜在的危险。

公狼和公豺被迫流浪，只有两种可能：一是身体残疾被族群抛弃，二是因为野心太大被首领驱逐出群，所以历代豺王和狼王都不欢迎它们。

凯拉更是如此，它对流浪的公狼非常反感，特别是那种身体十分健壮的大公狼，好像它稍稍不注意，这位"外来者"就会抢走它的王位。

凯拉看见红狼，不屑地笑了笑，根本就没搭理它。

第二天，红狼再次试图靠近凯拉，仍然被冷眼相待。

红狼有些垂头丧气——它已经第三次被拒绝。

狼王凯拉十分得意，对着远处的红狼咆哮："嗷！"——只要我还是狼王，你就永远别想踏入卡迪迦那狼群一步！

红狼实在想不通，那匹刚加入的流浪母狼，已经晋升到普通狼的地位，可它到现在还没得到狼王的同意。红狼向狼王提出了三次请求，可凯拉每次就像见到了仇人似的，立刻下令把它赶走。

其实，凯拉早就看红狼不爽了——这家伙体型与自己不相上下，有潜在的危险；而且，它根本无视"哨兵狼"的警告，狂妄自大，目中无狼！特别是它身上的那股气味，乱七八糟，鱼龙混杂，竟然还有一股难闻的豺的骚气；说不定这家伙本来就是一匹豺，想混入狼群！如果让这样的异类加入狼群，不仅自己的狼王权威将受到巨大挑战，狼群的工作生活秩序也会被搅乱。

　　凯拉绝不会允许这样的事情发生！

　　事不过三！红狼屡次被拒之群外，几乎想放弃了。

　　卡鲁平原的天气说变就变。刚刚放晴的天气，突然乌云密布，又变得恶劣起来，似乎在提醒红狼——要不惜一切代价加入狼群，要不然就是死路一条。

　　红狼已经尝尽独自漂泊的滋味，它可不想再试一次，它迫切希望加入群体，找到朋友，相互帮助。

第十三章　捕获岩羊

漫天大雪说来就来，一下就是三天，在食物匮乏的冬季，真可谓雪上加霜，大大减少了捕获猎物的可能性。

卡迪迦那狼群躲在大本营后的山洞里。狼们几天前吃的食物早就消化完了，现在每匹狼都空着肚子，山洞里，出奇的寂静。

红狼无处藏身，只能趴在附近的草丛中。它运气不错，在洞外逮到一只雪兔，尽管个小肉少，根本不能缓解饥饿，但红狼非常节约，它把雪兔埋藏在雪地里，实在饿极了，才扒出来吃上一两口，它靠这点肉勉强撑了几天。

"嗷！"半夜出去寻找猎物的公狼，在不远处的山峰上有了发现，及时发出信号。狼们本来黯淡无光的眼神，重新焕发出光彩，在狼王的带领下冲出山洞。

正在熟睡的红狼被它们的动静所惊醒，也紧跟在狼群后面。

三只身手矫健的动物，在山峰的断壁处寻找枯草——岩羊。

岩羊是一种特别擅长在峭壁上行走的攀岩高手，只要峭壁上有一脚之棱，便能攀登上去；当发现敌害接近时则迅速奔向高山裸岩地带，由于毛色与岩石极其相近，所以极不容易被发现。它们一跳，高度可达二三米，从高处向下纵身一跃，十多米也不会摔伤。

虽然岩羊味道鲜美，是狼们最喜欢食用的几种美味之一，但极难捕捉——这都要归功于它们出色的攀岩技巧。

狼们看着峭壁上的岩羊，不禁流出了口水。

三只岩羊，两只体型较大，其中一只岩羊的角，粗大似牛角，微向后上方弯曲——这是雄性岩羊的标志；另一只是雌性岩羊。一只体型较小的羊羔，夹在两只岩羊中间。它们是一家。

但狼群可不会可怜小羊羔，它们只知道，羊羔细皮嫩肉，是绝美佳肴。

凯拉试了试风向——背风，岩羊只顾吃草，根本闻不到狼群的气味——正是绝佳的捕杀机会！

　　凯拉开始布局。它将大公狼分成两拨，自己带领一拨，和另一拨公狼一起，两面夹击岩羊。

　　一阵寒风吹来，一匹大公狼不小心着了凉，一个响亮的大喷嚏，把正在吃草的岩羊一家吓了一大跳。

　　公岩羊立刻停止吃草，环顾四周，发现了慢慢逼近的两拨狼群。

　　此时，两拨狼已经攀上了峭壁，再倒回去堵住岩羊，时间上根本来不及。

　　计划不如变化快，出了小差错，但凯拉并不着急——岩羊所在的位置处于峭壁的中央，就算身手再好，跳得再高，岩羊也要花不少时间才能到达顶部。只要在原地待命的母狼们，将上下堵死，它们仍然插翅难逃。

　　凯拉抬起头，想查看最佳包围位置。正准备大声长啸，发出信号，却突然发现头顶上一层厚厚的积雪，凯拉吓出一身冷汗——刚才幸好没有大呼小叫！

　　在雪山周围发出噪音，是非常愚蠢的——如果声音过大，很有可能将积雪震落，造成无法挽回的灾难——雪崩。

　　雪崩破坏力极强，一旦发生，它凯拉和卡迪迦那狼群，包括那三只岩羊在内，全都只有死路一条！

　　凯拉长长地舒了口气。就在它分神的一会儿，急于逃命的岩羊，迅速向顶部攀爬。

　　此时，凯拉多么希望那些母狼们能开开窍，敏锐地发现局势变化，赶紧拦截岩羊。

　　然而事与愿违——母狼们平时习惯了听狼王发令，现在没有听到命令，它们根本无法采取任何行动。

　　眼看岩羊即将逃脱，到手的鸭子轻而易举地从手中飞了，凯拉只能眼睁睁地看着！没有比这更痛苦的事了！

　　三只岩羊，平安无事地到达了顶部，它们为脱离狼口而欢呼。公岩羊特别得意，甚至背对着凯拉，快速地晃动自己那根短小的尾巴。

　　凯拉气得咬牙切齿，无可奈何地盯着岩羊。

　　突然，公岩羊冷不防遭到了一股强大的外力，失足向悬崖坠下，"咚"的一声，重重地摔在悬崖下离母狼们两米处。

　　凯拉抬起头，向悬崖顶部望去，一个高大的身影正向狼群点头示意——是红狼！

第十四章 验明正身

　　凯拉很惊奇，睁大眼睛看了又看，真是红狼！这小子原来没有离开。

　　悬崖下的母狼们，迟疑了一会儿，突然清醒，发疯般抢食那只已经摔得血肉模糊的公岩羊。

　　悬崖顶部，母岩羊和小岩羊看到刚才还活蹦乱跳，甚至有兴致羞辱狼群首领的公岩羊，转眼间就变成狼群的食物，立刻呆住了。

　　红狼从悬崖边缘退回来，转头打量着母岩羊和小岩羊。

　　母岩羊如梦初醒，准备带小岩羊逃离。小岩羊毕竟太小，好奇心强，从没见过如此"规模宏大"的捕猎场面，呆在悬崖边上看热闹，不肯离开。

红狼正准备扑上前，捕获离它最近的小岩羊。几乎就在同时，母岩羊猛地冲到红狼跟前，直接将喉管暴露在它的嘴下。

红狼一愣，它没有想到，世上竟有如此愚蠢的动物。

母岩羊用乞求的眼神望着红狼——它宁愿牺牲自己，但希望红狼能放过它的孩子。而一旁的小岩羊，还在兴致勃勃地观看悬崖下的"厮杀"，丝毫不知危险来临。

母岩羊的眼神，触动了红狼内心深处最敏感最柔弱的地方。

红狼记得，母亲奈亚咽气前，也是用这种眼神看着兰菊，希望兰菊能抚养它长大。母亲临死还时时刻刻惦记着自己，红狼早就将这一幕牢记在心中。

现在，自己要作为一个刽子手，将一对母子的性命夺走吗？红狼站在原地，一动不动。

母岩羊难过地闭上眼睛，默默祈祷，期待着公狼能放过孩子。

四周静得出奇。

过了好一阵，母岩羊缓缓睁开双眼，没有发现红狼的踪迹，小岩羊紧贴在它的身边。母岩羊舔舔小家伙的眼皮，带着它一阵猛跑，母子俩要尽快远离危险的狼群。

　　一旁的草丛中，红狼静静地看着母岩羊和小岩羊快速逃离。

　　放走两只岩羊，红狼不好向狼群交代——两只手无缚鸡之力的岩羊，从一匹大公狼的眼皮底下逃走了——这简直就是一个天大的笑话！

　　正巧，一头小野猪，跌跌撞撞地在草丛里寻找食物，却阴差阳错地撞在藏身草丛中的红狼身上，红狼一扭头，毫不费力地咬断了它的喉管。

　　一只岩羊，再加上一头野猪，已经足够狼群大吃一顿。待群狼吃好喝好后，红狼跟在卡迪迦那狼群后面，去到了它们的大本营。

　　在红狼看来，自己帮了狼群一个很大的忙，现在，凯拉没有理由再拒绝它加入狼群的请求。

　　凯拉头一个走出狼群，来到红狼的面前。红狼将脖子完全袒露在凯拉的面前——表示自己的臣服。

　　凯拉走过来，闻闻红狼身上的味道。假如狼王没有攻击它，就代表它已经成为卡迪迦那狼群的一员了！

　　凯拉在红狼身上这里闻闻，那里嗅嗅，它总觉得，红狼仍然有些像豺。

　　红狼明白，凯拉正在它身上寻找曾经当过豺的证据——体味，就算它伪装得再好，气味也是不能隐藏的；可是它已经离开卡鲁迪亚豺群好几个月了，身上那点豺的气味，早就被后来各种各样杂七杂八的气味所掩盖，就算凯拉鼻子再灵，嗅觉再敏锐，也不可能闻出一星半点豺的气味。

果然，凯拉忙了半天，也没有收获。红狼身上鱼龙混杂：猞猁的气味、狼的骚味、羊的膻味……就是没有豺的味道。

凯拉十分失望——难道真是自己多疑了？红狼露出欣慰的表情——它几个月来受尽了苦难，现在苦日子终于到头了！

凯拉看着红狼那白得发亮的肚皮，又重新盘算开来。

红狼也同时发现凯拉的眼神不太正常，它突然想起一件事，立刻吓出一身冷汗。

母亲曾告诉红狼：动物身上最重要的两个部位，一个是腹部，一个是颈部，任何时候都要保护好。所以，红狼离开豺群，在外奔波几个月，身上几乎所有的部位都挂过彩，唯独它的肚子和颈部，一直没有受过伤。

因为颈部长期暴露无遗，又与动物接触较多，所以，豺的气味早已淡去；腹部是红狼最隐私的部位，那里保护得很好，遗留有豺的气味并不奇怪。

凯拉果然经验丰富！如果被它从腹部闻到了豺的气味，红狼的小命就算玩完了——一群大公狼马上就会冲上来，将它撕成碎片！

凯拉慢慢向它走来。红狼越来越紧张，它甚至能听见自己心脏急速跳动的声音。红狼咬咬牙，它必须孤注一掷。

令群狼惊呆的一幕发生了——红狼将头深埋腹部，狠狠地咬了一口！顿时，鲜血从伤口喷涌而出。

凯拉愣住了——这是自残吗？

凯拉几步冲到红狼跟前，果然将头靠近它的腹部。可是，自己预想中豺的气味并没有出现在红狼身上，取而代之的是浓浓的血腥味……

第十五章　加入狼群

血，慢慢地从红狼的腹部往外冒，一大块雪地被鲜血染成了深红色，然后很快就融进雪水，化成一摊血水，慢慢流走了。

凯拉惊恐地看着红狼，它确实怀疑红狼是一匹豺，但没有想到，这匹豺竟然愿意咬伤自己的致命部位，用血腥味来掩盖豺的气味！

红狼因失血过多，已经无力支撑自己的身体，重重地倒在雪地上，强打着精神，费力地睁开眼睛，警惕地注视着凯拉。

凯拉松了口气，刹那间，惊恐的眼神又变得毒辣——趁这个好机会，赶快杀死红狼！

如果红狼跟凯拉硬碰硬，凭着健壮的体魄和超群的智力，凯拉肯定占不了什么便宜，最坏的结果也是打个两败俱伤；而现在红狼受了伤，连站立都成问题，这不是个杀死它的大好机会吗？

凯拉想，这或许是老天爷开眼，给了它这个机会，让它杀死这个既不像狼也不像豺的异类。它磨磨牙齿，伸出利爪，准备展开攻势。

红狼绝望了。它知道这次肯定凶多吉少，无奈地闭上双眼，迎接死神的到来。它知道，自己马上就要离开这个世界，前往天国寻找妈妈那温暖的怀抱……听着凯拉一步一步逼近的脚步声，竟有一丝轻松感。

狼群没等凯拉走近红狼，突然不约而同地跑到红狼的身边，有序地围成了一个圈——典型的保护阵型。

凯拉有些迷糊："嗷！"——你们这是干什么？快让开！让我杀了这个异类！

一匹大公狼立刻从狼群中站出来反驳："嗷！"——它帮我们找到了食物，现在它受了伤，我们不能杀它！

其实，狼群早就对凯拉的一些行为感到不满了。

虽然凯拉很会管理狼群，但它把权位和利益看得太重，光是这一点，它就得罪了不少狼。只是迫于凯拉狼王的威力，狼们不

第十五章 加入狼群

敢和它正面冲突，况且，还要靠它领导狼群生存，所以一直忍着。

群狼从红狼来到狼群的第一天，就已经发现凯拉对它抱有很重的敌意。它们明白，红狼身体健壮，富有谋略，早就成了凯拉的眼中钉，是未来的竞争对手。

令群狼们没有想到的是，凯拉为了保住自己的王位，竟然忘恩负义，想趁红狼受伤，将刚刚帮助狼群渡过难关的红狼置于死地！

"嗷！"——这家伙是豺，根本不是狼！凯拉大声嚷嚷。

这个说法，立刻在狼群引起一阵骚动。经过慎重考虑，群狼推举出几匹嗅觉最灵敏的大公狼，再次对红狼进行气味验证。

但是，仍然没有一匹狼从红狼身上闻出豺的气味。

群狼对狼王的"欺骗行为"感到非常不满。几匹公狼甚至对着凯拉发出威胁性的低吼，"嗷！"——如果你不放过红狼，那我们也不会放过你！

红狼躺在地上，看着群狼为它所做的一切，心中涌过一股暖流。

作为资深狼王，凯拉当然明白"众怒不可违"的道理。一旦它执意要将红狼杀死或者驱赶出狼群，那么，离它下台的日子也就不远了；甚至还会有个别野心者，趁着这个机会将它杀死，一举登上王位。

　　也罢也罢，就让这小杂种再多活些时日！凯拉转过身去，看都没再看红狼一眼，径直走向大本营后面的山洞。

　　历经千辛万苦，红狼终于加入卡迪迦那狼群了。

　　红狼有了一个专属的山洞，它再也不用风餐露宿了。而且，因为上次捕食岩羊的表现，它的知名度在狼群里很高，所有的狼，无论老少，都对它赞赏有加，甚至还有几匹小母狼，时不时地向它示好，主动亲近它。

　　狼王凯拉最近也跟它见过几次面，却也没怎么找它的麻烦。这就是红狼梦寐以求的平静生活！红狼满意地闭上双眼，它想认认真真地睡个觉。

　　其实，凯拉根本没有闲着，一直暗中观察着红狼的一举一动，它知道，经上次那么一闹，还想杀死红狼基本不可能，但希望能找到一两个赶走它的理由。没想到，红狼这家伙特别老实，自从进入狼群，没有犯过大错、干过坏事，甚至还将自己的食物分给一些吃不饱的老狼。

　　典型的伪善者！凯拉一直认为，红狼表面上特别善良，其实是个十足的野心家，做这些善举，纯粹只是为了讨好众狼，以便获得民心，为日后的王位争夺做好准备。

　　一定要揭穿红狼虚伪的面目，将它赶出狼群！凯拉打定主意。

第十六章　猎获公牛

　　狼群在雪地上围捕一头公野牛，双方厮打得难解难分。

　　野牛虽然味道鲜美，但它是一种很危险的动物。在动物界中，野牛是出了名的暴脾气，情绪非常容易失控，公野牛更是如此；而且，公野牛的头上，有一对巨大而尖利的犄角，稍不注意就可能被刺个"透心凉"。

　　但狼群并不准备放弃这一顿美餐——能在冬季找到一头野牛，已经非常幸运了。在食物匮乏的日子，一头野牛，足够当它们好几天的粮草。

　　公野牛愤怒地晃动着自己的犄角，鼻子里喷着粗气，丝毫没有因为狼群的威慑而胆怯。

　　狼群自然有些惧怕野牛那尖利的犄角，排着队围着它转圈，与野牛打消耗战，一直没有找到一击致命的机会。

　　狼王凯拉，理所当然地冲在最前面。按照狼群的惯用策略，狼们集中攻击野牛的正面，野牛只顾着防御正面攻击，没有注意到后方的偷袭。凯拉一鼓作气，跳上牛背，一口咬住野牛的颈动脉。

　　颈动脉是所有动物的致命部位，如果被咬穿，猎物就会因为失血过多身亡。

　　撕咬颈动脉，是豺、狼、豹等大型肉食动物捕猎的惯用手段，也是最致命、最快捷的招数；但是，颈动脉隐藏在颈部较深的部位，如果咬合力不够强大，是很难切断的。

　　这头野牛早已成年，皮非常厚，大大超出了凯拉的预料，它的牙齿只在牛皮上留下了一道深深的齿痕，根本就没咬穿！

　　野牛感到颈部一阵疼痛，发现凯拉骑在自己的背上，二话不说，回过头，左犄角就直直地对着凯拉戳了过来。

　　凯拉连忙躲闪，一不小心，跌下牛背，重重地摔了一跤。

　　凯拉的尖牙，随着岁月的流逝，确实有些钝了。群狼大失所望，认为凯拉辜负了大家创造的好机会。

正当野牛转头过去的空当，一道黑色的身影闪电般跳上牛背，对准凯拉的咬痕，顺势用力一咬，"噗！"野牛的颈动脉瞬间断裂，鲜血喷出一米开外……

红狼再立一大功，它瞅准时机，快速反应，让野牛一招致命。

一顿美味大餐到手，群狼欢呼。

红狼从牛背上跃下，趴在一旁等待狼王的指令。这匹刚加入狼群的公狼，在几次狩猎中，都屡立奇功，如今，它受到了狼们发自内心的仰慕。

凯拉狼狈地翻过身，盯着红狼——这家伙已经好几次抢了自己的风头，狼群里好几匹大公狼，甚至开始和它称兄道弟了，再不除掉他，狼王的位子可就真的不保了！

凯拉心中有数，就眼下的局势，单凭自己的实力，杀死这家伙是不可能的了，要想赶走它，也不能光靠一时鲁莽，只能智取。

贮藏牛肉的土坑，用积雪埋起来，便成了天然的冰箱，肉类存放在里面，可以保存大半个冬季。食物缺乏的季节，就可以取出冰冻的肉，以解燃眉之急。所以，这些牛肉对狼们来说非常重要。

半夜，月黑风高。黑暗笼罩着大地，四处静谧，没有一丝喧闹。

第十六章 猎获公牛

一个黑影鬼鬼祟祟来到坑前，把泥土刨开，它将刚刚埋进去，还没有冻僵的牛肉叼出一大块，慌慌张张地朝灌木丛中跑去。这家伙只顾跑路，左腿不小心被尖利的荆棘剐伤，黑影咬咬牙，忍住疼痛，迅速窜进了附近的山洞……

凌晨，天刚蒙蒙亮。

红狼打了个哈欠，从睡梦中醒来。也许是昨天与野牛一战，折腾得太累，肚子里的东西也全部消化完了，红狼感到有些饿。

现在出去找吃的，未免有些太早了。红狼正准备再躺下，睡个回笼觉，它的鼻子隐隐约约闻到了一股肉香！睡意全无，猛地翻起身来。

气味的源头在山洞的深处。红狼越往深处走，那股令它沉醉的肉香就越强烈……一大块喷香的牛肉，静静地躺在山洞里，从石头缝挤进来的一丝光线，正好投射在那块肉上，牛肉散发出诱人的光泽，红狼的饥饿感越发强烈……

第十七章　遭遇陷害

群狼来得很是突然。

红狼咽了几口唾液，准备享受这天上飞来的早餐。刚吃了一口牛肉，群狼就气冲冲地进了它的洞穴。红狼有些疑惑：

"嗷！"——这是……你们为什么这么早进来？

群狼看着红狼爪下的牛肉，再看看红狼嘴上残留的血渍：

"嗷！"——你还好意思问？这块牛肉你怎么解释？！

红狼也觉得奇怪，牛肉为什么会无缘无故地出现在山洞里。

"嗷！"——我也不知道，反正一早就在洞里发现了。

"嗷！"凯拉大摇大摆走过来——难道牛肉会自己长脚吗？

别狡辩了！

凯拉看了看一脸疑惑的红狼，将目光转向狼群："啾！"——大家看到了吗？这家伙就是一个无耻的小偷！它加入狼群，就是为了偷走我们的活命粮草，我们可是指望这点肉撑过这个冬季。

群狼恶狠狠地看着红狼，都觉得受到了欺骗。

红狼顿时恍然大悟——一定是别有用心者在设计陷害自己，想把它赶出狼群！

红狼向前一步，希望狼群能给它解释的机会；狼群仿佛见了仇家，连那些平日跟它关系很好的大公狼，都翻脸不认它了，眼神充满了对它的鄙视和仇恨。

"啾！"——看在你帮我们多次捕食的分上，这次放你一马，赶快滚出卡迪迦那狼群！

红狼想再做解释，可是狼群没有给它机会。

几匹大公狼，在凯拉的指示下开始靠近红狼，它们的眼里充满了嗜杀的欲望——它们要动真格了。

红狼没有想到，自己所做出的那么多的努力，因为别有用心者的陷害，全都变成了泡影！

就算它的身体再强壮，战术再高超，也不可能敌过一群嗜杀成性的饿狼。再不走，自己就真的要命丧狼群了！

红狼觉得，狼王凯拉和这件事肯定有关系。它用怀疑的眼神注视着凯拉，凯拉突然感到心里一阵发虚，立刻低头避开红狼的目光。红狼注意到，凯拉的腿上，不知什么时候多了一道明显的伤痕，从渗血的情况看，明显是新伤。

红狼在群狼的压制下，慢慢地后退，出了洞口，一转身，向远处狂奔而去。

凯拉一直不放心，它觉得红狼不会那么轻易离开，一直暗中尾随着红狼，直到红狼消失在视线范围的一刹那，凯拉才深深地舒了口气——终于把这个大隐患除掉了，自己日后也能稳坐狼王之位了。

一周过去了。

狼群发现，种种迹象表明，有外族狼多次潜入卡迪迦那狼群。而且每次都发生在狼群大部队外出打猎、内部空虚的时候——这匹狼仿佛很熟悉它们的生活规律。

虽然有外族狼进入，但狼群并没有受到任何损失，即使储藏食物的坑洞被刨开过，但牛肉也没有丢失，周围的雪地上，留下了不少刨土的痕迹。

狼群议论纷纷。有的认为外族狼是过来试探侦查；有的觉得是为了暗杀幼崽；还有的怀疑是为了偷走它们的食物……众说纷纭。

凯拉总觉得不安。为什么只有储藏食物的坑洞有动过的迹象，而其他地方却没有异样？明明红狼已经被赶出了狼群，但它感觉红狼的身影，一刻都没有离开过领地。这是幻觉吗？

离狼群不远的树林里，隐匿着一匹黑色的公狼，它正安静地趴着，悄悄观察着群狼的一举一动。是的，红狼的确没有远离狼群，它早就返回到附近，在伺机寻找陷害自己的证据。

红狼已经对卡迪迦那狼群死了心，它现在唯一的愿望，就是能找出陷害自己的凶手，然后心甘情愿地远走高飞。

狼群的储备食物已经所剩无几，红狼曾多次趁狼群外出捕猎，偷偷潜回坑洞寻找线索，并且已经发现了一些蛛丝马迹——在坑洞的周围，有不少被大雪所掩盖的血印，还有拖拽的痕迹。但是，这些都不能确认凶手的身份。

红狼也曾经悄悄潜回山洞，想找到第一匹进入洞内的狼的气味作为证据。但是，狼群在驱逐它时，掺杂入了太多狼的气味，真正凶手的气味，完全被打乱了。红狼一筹莫展。

其实，红狼越想越不明白——为什么有狼要陷害自己呢？它没干过什么坏事，也没有和任何狼闹过矛盾，陷害它，也需要一个理由吧！

红狼百思不得其解，脑海里突然浮现出在卡鲁迪亚豺群时，它掉入陷阱时，豺王莱斯那副得意的表情……狼王？！红狼猛地一惊，为什么自己之前没有想到？

红狼发现，自己的思路越来越清晰，它还想起，当时是狼王凯拉第一个冲进他的洞穴，并准确无误地进到最深处。会不会是凯拉将牛肉放进来，又召集狼群来现场"捉赃"？红狼确定——陷害它的就是狼王凯拉。

可是，有什么证据能证明是狼王凯拉干的呢？红狼漫无目的，在坑洞周围闲逛。

"嘶！"红狼突然感到一阵疼痛，它的右腿被划开了一道口子，一小撮狼毛，也被生生拉扯掉了，鲜血直流。

让红狼受伤的是隐藏在灌木丛中的荆棘，而荆棘上，还有多处血迹，看来早就有不少狼在这里中过招。

红狼灵感突发——凯拉腿上那道伤口，会不会是匆忙拖拽牛肉时，不小心在荆棘上划出来的？它感觉自己的心跳突然加快。

红狼将牛肉的血迹，一点点从冰雪中刨出，顺着血迹，果然，在一丛荆棘中，还发现了一小撮狼毛。

综合起种种迹象，一定是凯拉无疑！

第十七章　遭遇陷害

现在证据齐了，但怎么让群狼相信它的解释呢？把红狼赶出狼群时，群狼就已经明确警告过了——如果它敢回来，就会把它撕成碎片。所以，与群狼面对面解释，肯定行不通……

第二天一早，哨兵狼终于发现一匹外族狼擅自闯入狼群领地。

让凯拉一直寝食不安的外族狼自投罗网，凯拉却不怎么高兴——那种不安越来越强烈了。这匹外族狼，今天的行动不同以往，竟然专挑公狼们全都在家的时候出动，仿佛故意向狼群示威……

凯拉摇摇头，自己不应该想这么多，它要赶紧带领大公狼们，会会这匹外族狼。

第十八章　自证清白

红狼端坐在地上，遥望着远方迎面扑来的狼群。

群狼迅速围了上来，对红狼发出威胁性的低吼。

红狼没有起身，依旧坐在那里，仿佛眼前发生的一切与它无关似的，眼中没有任何惧怕。

凯拉径直来到红狼面前："噈！"——不是警告过你吗，如果还不离开狼群，我们会将你撕成碎片！

红狼慢慢站起身来，怒目而视，狠狠地瞪着凯拉。

"噈！"——证据，我已经找到了！你干了什么事，自己心里清楚！红狼的脸上浮现出胜利的微笑。

凯拉的心脏剧烈跳动起来。"要是被狼们知道这件事，狼王的宝座恐怕不保！趁它还没有出示证据，赶快解决了它！"凯拉心想。

凯拉大嘴一张，利齿毫无征兆地向红狼的喉管靠拢过来，双爪同时出击，想固定住红狼。

红狼知道凯拉不怀好意，早就做好了准备，在利齿即将闭合的一刹那，快速往后退了一步，躲开了致命的噬咬。

但凯拉的攻击速度确实太快，红狼的躲避动作仍然稍慢了一点，颈部一撮毛，被活生生地扯了下来。

凯拉有些失望，正准备发起第二轮进攻，红狼早已突破了狼群的包围，向大本营中心一路飞奔。

群狼被刚才的战斗惊呆了，它们没想到原本和气的谈话，竟然瞬时演变成了一场撕咬，它们纷纷避让，包围圈自然就没了。以至于红狼跑远了，它们还在原地发呆。

凯拉撞开一群挡路的狼，追逐奔跑的红狼。群狼这时才如梦初醒，一起紧跟在狼王的身后。

红狼的身影离它们越来越近，凯拉全身的血液开始沸腾，它迫不及待地想看见红狼临死前的绝望表情……

突然，凯拉感到腿部一阵刺痛，不由得倒吸一口冷气。它右腿上那道不久前划出的伤疤，因为刚才和红狼打斗导致伤口开裂。虽然伤口不深，但是疼痛感非常强烈。

凯拉咬着牙，一瘸一拐地追赶着红狼——好不容易可以灭掉这个"眼中钉"，它绝对不能放过这个机会！

突然，红狼停下来，站在原地不动，狼群再次迅速包围了它。

凯拉磨着狼牙，晃着尾巴，在包围圈里打转，边调整呼吸，边寻找一击致命的时机。

今天的天气不错，残雪融化的地上，隐隐约约可以看见一层拖拽食物留下的斑斑血迹。

凯拉赶紧发出信号："嗷！"——进攻！

出乎群狼意料的是，红狼并没有因为凯拉的进攻信号感到丝毫胆怯。它镇定自若，面对着狼群大声一吼："嗷！"——卡迪迦那狼群的各位，我把你们引来这里，是为了揭露出陷害我的恶狼——凯拉的真实面孔。

群狼震惊了——红狼被狼王凯拉陷害？！群狼同时用一种异样的眼神看着凯拉。

"嗷！"——你有什么证据证明我陷害你，你本来就是一个异类、叛徒，你没有资格发表言论！

红狼直接无视了凯拉的辩解。

　　"嗷！"——请各位顺着拖拽的血迹一直走，你们就会发现真相！群狼你看看我，我看看你，没有一匹狼动身。

　　群狼在犹豫，不知道该不该听信这匹外族狼的话。有一匹狼提醒狼群："嗷！"——它肯定会趁我们去找这根本不存在的证据的时候，偷偷溜走！

　　红狼坚定地看着狼群："嗷！"——我发誓，绝不说半句假话！

　　一部分狼被红狼的真诚和临危不惧所打动，开始跟在红狼后面，沿着血迹查看。其余的狼在一旁监视着红狼，以防它逃走。

　　一匹母狼，很快在一丛荆棘中发现了一撮灰黑色的毛，招呼狼们凑近一嗅，这撮毛散发出来的体味，果然是凯拉的！

　　群狼恍然大悟——怪不得凯拉的腿上有一道伤疤，原来是在这里割伤的！

　　愤怒的群狼，转头寻找凯拉的踪影，不料凯拉眼看真相大白，早已经一瘸一拐地逃出十多米远。

　　群狼为之前轻信凯拉的一面之词，冤枉红狼而内疚，纷纷向它表达歉意。

　　红狼深深地吁了一口气。它很高兴通过几天来的努力，证明了自己的清白。现在，它的心愿已了，可以安心离开这里了……

第十九章　荣升狼王

突然，狼群一阵骚动，狼们一匹接一匹前腿屈地，向红狼集体跪拜——这是典型的臣服仪式；群狼这样做，是想请红狼担任新一任狼王。

红狼又惊又喜，它做出这些努力，纯粹只是为了找出凶手，自证清白，从来没有想到会得到这样的回报。

红狼走上前，挨个有序地嗅了嗅每匹狼的气味，完成了臣服仪式。

在卡迪迦那狼群的欢呼声中，红狼自豪地走到狼群的中央，接受群狼最崇高的敬意。

"要是母亲还在，应该会为我登上狼王宝座感到高兴吧。"红狼心想。

自从当上狼王后，红狼的表现越来越出色，以它卓越的领导能力得到了狼群的认可。

红狼不但身体素质好、猎杀技艺高超，而且品德优良，对群狼非常宽容。因为这些，它深受狼群的爱戴。

五天后的下午，卡迪迦那狼群顺利捕获一只羚羊，但狼群的气氛却有些奇怪。

按祖先传下来的规矩，捕获猎物后，应该由狼王首先品尝，再分给大公狼，然后是母狼，最后是小狼和老狼。

在人类社会，有尊老爱幼的优良传统，但在狼和豺的世界，只有"弱肉强食"的生存之道，食物理所当然要先分给强者。

群狼认为，老狼和小狼捕猎能力不强，给它们食物，还不如给那些身强力壮的大公狼，让它们获取更多的能量，有力气去捕捉更多的猎物。

可是，狼王红狼私自更改了这条"规矩"，它决定让幼狼和老狼先享用羚羊肉，然后是母狼，大公狼最后进食。

在红狼的心中，隐藏着一个永远的痛——母亲正是因为没有食物，身体极度虚弱，导致伤口恶化后不幸去世的。它不想再看到那样的惨剧发生！

老狼和带崽的母狼们，对红狼做出的决定感动至极，而大公狼们却十分不满。"嗷！"——狼王，为什么让那些没有什么用的累赘先进食？

"嗷！"——你们身强力壮，吃太多反而影响狩猎的速度。红狼没有直接回答，还和公狼们开玩笑。

公狼们本来还想反驳，但看在红狼是狼王的面子上，也不再计较。

离狼群不远处的草丛中，一匹毛色灰黑的狼悄悄地潜伏着，看见正在进食的狼群，它那浑浊的双眼，突然有了精神。

红狼正准备享用属于自己的那份羚羊肉，这匹灰狼突然从草丛中蹦出来，迅速叼起那块肉，头也不回，转身就跑。

也许太久没有进食，灰狼才跑出几步就没了力气，瘫软在地上。

狼群很容易就追上了它。令狼们都没有想到的是，这匹邋遢的灰狼，竟然是卡迪迦那狼群的前任狼王凯拉！

凯拉早就没了以往的神气，肮脏的毛皮杂乱不堪，浑身上下沾满了泥土，散发出一股难闻的味道，显得非常邋遢，引起狼们的一阵反胃。

红狼走到凯拉面前，凯拉立刻换了一副面孔——愤怒、憎恨，浑身上下都充满了对红狼的不满。

五天前，凯拉丢下狼王的宝座，仓皇出逃，离开了狼群。几天来，凯拉过得很糟糕，不仅没有找到多少食物，还被一群鬣狗围攻，差点命丧狗腹。它仿佛从天上跌进了地狱，过着猪狗不如的日子，已经快要饿昏了，无奈地回到狼群领地碰碰运气，没想到，还真遇上了狼群。

狼群请求红狼给予它们进攻的权利："噢！"——狼王，不要听这个败类废话！我们之前相信了这家伙的一面之词，冤枉了你，让我们杀了这个败类！

凯拉强打起精神，歇斯底里地大叫："噢！噢！"——你们这群叛徒，我才是狼王，你们才不要被这个异类迷惑呢！杀了我，你们总有一天会后悔的！

没有一匹狼搭理凯拉，都等着红狼一声令下。红狼十分冷静，沉思了一会儿，转身走开了。

狼群和凯拉都十分意外，它们不明白红狼为什么要一言不发地离开。

红狼头也不回，昂首一啸，向狼群下达了撤退命令："噢！"——走吧，让凯拉自生自灭。

狼们恶狠狠地瞪了凯拉一眼，便跟着狼王返回大本营。

凯拉心里很不爽——这个异类就是一个伪善者！装什么好狼？好端端的卡迪迦那狼群肯定会被它毁掉！

凯拉下定决心，迅速追赶上狼群，将红狼堵住。

狼群立刻对它的愚蠢行为发出警告："嗷！"——狼王让你活着离开，你还不知足是不是？是不是一定要被撕成碎片，你才甘心？

凯拉没有理会狼群的警告，做出了一个令群狼目瞪口呆的举动——凯拉侧身躺下，将最致命的颈部露出来——凯拉，竟然也会向别的狼臣服！？

红狼迟疑片刻，舔舔凯拉的颈部，完成了臣服仪式。

没有一匹狼留意到，凯拉的眼神仍然一如既往的狡猾、毒辣。归顺、臣服是假，其实它还在寻找机会，把王位夺回来！

第二十章　冒犯人类

一匹马，无缘无故地出现在这里，吸引起了狼群的注意。

这是一匹黑马，四肢健壮，高大魁梧，又长得有些眉目俊秀，但它好像特别胆大，眼神中透露出对周围环境的不屑，十分狂妄。

黑马低着头，嘴一张一合地咀嚼着地上的青草，炯炯有神的眼睛也一睁一闭地应和着，时不时地抬起头来，又低下去，继续他的午餐，全然不顾身边的一切。

群狼看着黑马，禁不住猛吞唾液。红狼一声令下，狼群迅速出击。

黑马见一群狼从不远处向它奔袭而来，竟然毫不紧张，没

有逃跑。

卡迪迦那狼群瞬间围成一个圈，将黑马困在中间。

可是，黑马不但没有感到一丝害怕，反倒悠闲地甩着马尾，驱赶着在皮肤上飞来飞去的苍蝇。

这黑马是瞎了吗？危险就在眼前，竟还有工夫赶苍蝇！

人类有句俗话，叫"初生牛犊不怕虎"，可这匹马，仿佛胆子更大，面对一群狼，还能这么嚣张，简直不把它们放在眼里！

红狼正纳闷，上下左右打量着黑马，直到看见马嘴上的"马嚼子"，红狼才恍然大悟——原来是人类饲养的家马，怪不得胆子这么大！

红狼可谓见多识广。

当初，它被驱逐出豺群时，曾掉进过人类的陷阱，多亏兰菊将它救出来。第二天，红狼再次经过陷阱时，发现一个骑着马的猎人，它偷偷溜到离猎人不远的灌木丛里观察，猎人看着空空如也的陷阱和陷阱旁边被剔得干干净净的动物骨架，气得破口大骂。

猎人骑上马，拉拉套在马嘴上的那根缰绳，马就十分听话地驮着猎人离开了。这个举动，引起了红狼的高度警惕，因此，它对这一幕印象特别深。

第二十章 冒犯人类

只有家养的马，才会戴上这种特殊的"马嚼子"！红狼心想。

野生动物看待人类是对待另一物种的态度，有恐惧的，有虎视眈眈的，也有好奇的，还有友善的。而对人类恐惧的动物，都是因为人类对它们进行过伤害而造成的。

自古以来，狼群都恐惧人类，认为人是自然界中诡计最多、最为狡猾的动物，最好不要去招惹他们。

"如果吃了这匹家马，麻烦就惹大了，人类肯定会找上门来。"红狼心想。

红狼判断，这匹马的主人，应该就在附近办事，如果他发现自己的马被狼吃了，肯定会带着一群人把狼的老窝一锅端了！黑马一定知道自己的主人非常厉害，否则不敢这么嚣张。现在这个季节，到处都食物充足，放过这匹黑马，它们仍然可以去其他地方捕猎其他动物。

"嗷！"想到这里，红狼向狼群发出撤退信号，准备去山那边捕猎。

群狼有些犹豫，似乎不愿放过这顿美餐。

的确，马的奔跑速度极快，平常很难捕猎到，很多狼早就忘记马肉是什么滋味了。好不容易碰上一匹天不怕地不怕的"傻马"，哪有放弃的道理？

红狼有些着急："嗷！"——这是一匹人类养的家马，猎杀了它人类不会放过我们的！

几匹见识过猎枪威力的老狼，也随声应和："嗷！"——没错，这缰绳就是家马的象征，你们不想被杀死的话，就快走！

狼们仍然恋恋不舍，它们深知人类的狡猾和猎枪的可怕，可它们更不想放过这顿美味大餐。

"嗷！"——同胞们，没关系的，我们动作迅速些，很快把这匹马给杀死，及时撤离，人类是发现不了的。一匹狼突然站出来，鼓动不愿离开的狼们。

是凯拉！

红狼瞪着凯拉，这家伙还是没有学乖，依然要跟自己对着干。"嗷！"——你知道这样做有多危险吗？要是被人类发现了，我们的大本营迟早会被他们搜出来，到那时再后悔就晚了！

眼看着两任狼王争辩不休，狼群依旧犹豫不决。

凯拉突然嘲笑道："嗷！"——是不是你这个家伙胆子太小，怕被马蹄子踢歪脖子，才不敢吃马肉？

红狼气不打一处来，它好心收留了凯拉，过去的纠纷从没再提起过。可这家伙一点都不知道满足，更不懂得知恩图报，反倒嘲笑它！

第二十章　冒犯人类

没等红狼回答，凯拉突然一跃而起，跳上马背。

刹那间，黑马那张英俊的长脸，充满恐惧，瞬间扭曲，它也许做梦也没想到，会有一匹狼胆敢猎杀自己，冒犯人类……

凯拉的利齿，顺利地切断了黑马的颈动脉，鲜红的马血喷涌而出。

群狼一拥而上——反正马已经快死了，得快点吃，不吃就浪费了。

凯拉叼起一个马耳朵，扔到红狼面前："�“！"——你这个胆小鬼，也配做狼王？看看吧，谁才是真正的狼王！

群狼的脸，都被鲜红的马血染红了，大家争先恐后地吃得不亦乐乎。

黑马的尸体已经被狼们撕咬得露出白骨，红狼和几匹老狼却站在一旁，心情十分凝重……

"砰！"一声巨响，从狼群的后方传来。

站在马身上的凯拉，刚才脸上还堆满讥笑，突然表情僵硬了——它的胸部已经被一颗子弹贯穿！

凯拉从马身上跌落下来，鲜血从嘴角不停地往外冒。它双眼圆睁，不甘心地望着天空，仿佛在回忆自己当狼王的辉煌时期……不一会儿，心脏便停止了跳动。

　　狼群被这突如其来的意外惊呆了，看着凯拉的尸体，不知如何是好。

　　而就在狼群后方不远处，一个猎人满脸愤怒地举着一杆老式猎枪，枪口正冒出缕缕青烟……

第二十一章 侥幸脱险

　　猎人图格生活在深山林区，村里人家家户户都有一杆或几杆火枪，除了主要的农耕生产外，农闲时节一起打猎。每年秋收过后，他常常一个人外出。图格习惯独来独往，还养了好几匹马，狩猎的方法有火枪击毙、绳索套挂、陷阱活捉等。其一是为守护庄稼，防止野兽食害；其二就是捕猎野兽吃肉，拿皮毛换钱。

　　图格端着老式猎枪，双眼因为愤怒变得通红，他咬牙切齿，喘着粗气。

　　图格的枪，是大多数猎人使用的老式火药枪，每发射一次子弹，需要重新填装一次弹药。

图格将猎枪放在地上，快速从贴身背包里取出弹药，准备第二次填充射击。

红狼看见猎人开始填装弹药，如梦初醒，立刻提醒狼群："嗷！"——快跑！别再发呆了！

群狼真是被吓呆了，似乎没有听到警告，傻傻地待在原地。

老式猎枪发射的一颗子弹，都有数十粒小小的弹丸，发射后会对一大片区域的猎物造成伤害，类似于"散弹枪"。

猎人图格再次举起猎枪，瞄准了狼群较为集中的位置。

眼看猎人就要扣动扳机，狼们竟然还不知所措，红狼很是着急，拼尽全力，撕心裂肺地大叫。"嗷！"——别愣了！快跑！

巨大的恐惧，瞬间笼罩着整个狼群。

"嗷！"图格的后方，突然传出一声狼啸，他大吃一惊——后方也有狼，如果腹背受敌，遭到狼群围攻，他就凶多吉少了！他知道，狼如果被逼急了，攻击人类也是常有的事。

图格迅速转身，他要趁这群狼还没反应过来，赶快干掉后方的狼！

图格的后方，的确有狼，但是只有一匹。那匹狼离他太远，没有进入猎枪射程范围。

　　红狼猛然醒悟——现在猎人的注意力分散，正是狼群逃跑的好机会！"嗷！"——大家快逃！

　　群狼立刻回过神来，紧跟着狼王逃离。

　　图格发现自己中了计，又赶紧调转枪口，朝狼群的方向开了一枪。

　　子弹紧贴着地面，高速向狼群飞去……但没有一颗命中，狼群已经跑出了猎枪的极限射程范围。

　　再回头，后方那匹狼也已经不见了踪影。

　　草原上一片寂静，只剩下黑马的骨架和凯拉的尸体。

　　图格看着黑马的尸骨，不禁流下眼泪。

　　图格在这里生活了四十多年，是村庄最优秀的猎人。这匹马陪伴了他两年，是他饲养的马匹中体格最壮、奔跑最快的马，是他的得力坐骑，更是他的好朋友。没想到，他只是把它留在草地上，自己到丛林中方便一下，竟然就被狼杀害了……

　　凯拉的尸体，渐渐冷却僵硬，猎人图格愤怒地拿起猎枪，在早已断气的凯拉腹部又补了一枪。

　　我一定要让那些为所欲为的恶狼付出血的代价！猎人图格心想。

　　好不容易从猎人的枪口下逃了出来，所有的狼都累得气喘吁吁，但更多的还是恐惧。凯拉死去的那一瞬间，给它们留下了深刻的印象。

狼群这次伤亡较轻，只有凯拉死亡，还有三匹公狼被散发的弹片打伤，但幸好都没有被击中致命部位。

红狼反复在思考一个问题：

刚才，到底是哪里来的一匹狼，吸引了猎人的注意力，这明显是对卡迪迦那狼群出手相救。那个身影，它仿佛在哪里见过，却一直想不起来……难道是它？红狼抬起头，眺望着远方——雪山另一头的独眼狼王和它的狼群，生活得还好吗？

红狼到底是一匹聪明的狼。

其实，自从上次一别后，"独眼狼王"蔡迪带领着它的狼群，成功地在雪山对面找到了一块"风水宝地"，狼群现在也过上了安稳、和平的日子。蔡迪有时也会站在高处，眺望雪山的那一边，回忆起以前在卡迪迦那狼群生活的日子，还有奈亚和它们的孩子……

经历了"猎马"事件过后，狼群中没有狼再敢和红狼"唱反调"了。群狼眼看着凯拉因为不听狼王指挥，最终落得死不瞑目的下场。在一定意义上，凯拉的死也起到了"杀一儆百"的作用。红狼因此得到了更多狼的信任，狼群也越来越好管理了。

老实说，红狼并不想利用一匹狼的性命来换取自己狼王的威信，害死凯拉的，正是它自己的自私。要是凯拉没有死，它迟早还会因为权位之争干出不少伤天害理的坏事，现在看来，反倒少了个祸患，也是狼群的幸运。

猎人图格回到村庄。

放好猎枪后，急匆匆地赶到萨尔文村长家。萨尔文村长是一个典型的黑脸大汉，但他一脸慈祥，他打开门，将图格让进了房间，两人坐上了炕。

"图格，来找我有什么事吗？"萨尔文问。

图格一脸严肃："萨尔文村长，我找您有点事，是关于打猎的。"

"嗯？"萨尔文有些狐疑，悠闲地跷起二郎腿："平常都是我们拜托你来帮我们打猎，今天太阳打西边儿出来了？说来听听。"

"是关于剿灭豺狼的计划……"图格着急地说。

夜深了，萨尔文村长的房间依然灯火通明。

第二十二章　老虎驾到

难熬的冬季已经过去。

几场春雨过后，无边无际的卡鲁平原，仿佛一夜间从沉睡中苏醒，小草绿了，被阳光一照，像是刷了一层金粉；野花开了，这里一丛，那里一片，沐浴着阳光，争奇斗艳，散发着浓郁的芳香。蜜蜂四处采蜜，蝴蝶翩翩起舞，一派欣欣向荣的景象。

卡迪迦那狼群食物充足，狼丁兴旺，一派和谐，没有重大事故的发生。红狼的狼王位置，坐得挺安稳。那次冒犯人类的事故，也已经渐渐被群狼淡忘。

狼的发情期一般在一至二月，这期间，成年的公狼和母狼

123

都各自选择自己中意的对象，延续子嗣。在发情期，狼群会一改以往的和平，变得"硝烟四起"。卡迪迦那狼群的公狼们会变得十分暴躁易怒，通常因为一个不起眼的小矛盾，两匹大公狼就会打得不可开交。

狼本来是一夫一妻的典范，雌雄彼此忠贞。一匹公狼一生只爱一匹母狼，且求爱周期相当漫长，要经受很多考验。一年中公狼只发情两次，其余时间专心出门捕猎，猎物全部分享给母狼。母狼怀孕期间它会认真照料妻子，在妻子分娩后帮忙抚养后代。

在卡鲁平原却是个例外，经常出现一匹母狼同时跟几匹公狼交往的现象。这是因为狼群中母狼的数量太少，公狼的数量远远超出母狼，想要获得交配权，甚至要靠决斗来争夺母狼。

公狼们开始蠢蠢欲动，寻找自己中意的母狼。

母狼大都被动、理智地选择自己的终身伴侣，它们会考验公狼的体格、捕猎技巧，只有最优秀的大公狼，才能获得与它交配的机会，成为它的伴侣。

大自然教会母狼们：如果丈夫是一个不起眼的小角色，那么它们的孩子也一定没有什么出息。

当然，如果体格健壮、捕猎技巧高超的极个别大公狼风流成性，交配后又另寻新欢，那么怀孕的母狼会因为营养不良，导致腹中的小狼饿死；因为单凭母狼的能力，也不可能养活小狼。所以，大公狼们是否忠诚，仍然是母狼们考察的一个重点。

但每次发情期，总有几匹懵懵懂懂、对爱情充满美好幻想的年轻母狼，中了那些风流公狼的计谋。

就在前不久，有一匹缺乏经验的年轻母狼，与一匹看起来英俊魁梧的大公狼结为夫妻不到半个月，大公狼就丢下了妻子和腹中的孩子，风流快活去了；母狼只能在其他大公狼的讥笑和讽刺中，打发着无聊的日子。

狼群里，好几匹体格强壮的大公狼已经尝到了甜头，找到了自己的另一半。

狼王地位极高，食物丰富，狼崽的营养好，几乎历代狼王的孩子长大后，都是狼群中数一数二的健壮公狼。

不少年轻貌美的母狼向红狼暗送秋波，希望能得到狼王的宠爱。

但是，红狼似乎对母狼们视而不见，母狼们的热情，换来的却是冷漠寡淡，不少母狼知趣地放弃了。

其实，红狼并不是对母狼不感兴趣，只是因为豺和狼的发情期有些不同，红狼的身体里保留了一部分豺的基因，发情期存在着时间差异。因此，红狼一直保持着它一贯的冷静。

天有不测风云。

一只色彩斑斓的动物，贸然出现在平原上，格外显眼，由远及近，径直向狼群的大本营走来。

这是一匹孟加拉虎，黑色条纹夹杂着火红的毛色，狂妄的眼神再加上庞大的身躯，让所有的狼都吓得直打哆嗦。

谁也不清楚这匹孟加拉虎从哪里来，它也许是独自外出寻找新的栖息地，却正好碰上了卡迪迦那狼群。

在狼为数不多的天敌中，老虎是其中实力最可怕的，特别是体型巨大的孟加拉虎，甚至能以一虎之力抵挡整个狼群的进攻，是狼群最害怕碰上的动物。

孟加拉虎是公认的野性最强大的老虎，脾气也是所有老虎亚种里最火爆的，很激进，很好斗；它的战斗力是老虎乃至整个猫科动物中最强的。主要捕食各种大、小型哺乳动物。

这匹孟加拉虎是雌虎，虽然年龄不小了，但精力却很旺盛。它的体型比普通雌虎大，那条又粗又长的虎尾更为显眼。

狼群没有贸然行动，它们明白，公狼们为了获得心仪母狼的欢心，斗得精疲力竭，狼群的警惕性和战斗力开始下降，以现在的实力，就算以多匹优秀大公狼的性命来交换，也顶多和

长尾雌虎打个平手。这场敌强我弱的战斗，能避免就尽量避免。

雌虎根本没把狼群放在眼里，大摇大摆地走进狼群的领地，步伐轻盈，神态悠闲，对周围的一切都不屑一顾。

群狼已经蓄势待发，做好守护大本营的准备，只等红狼的一声命令。

红狼一直在观察长尾雌虎，试图弄清它的真正目的。

红狼并不知道，这匹长尾雌虎，其实正是让它和爸爸妈妈分离的元凶！

当红狼还在妈妈奈亚肚子里时，雌虎将它们驱逐出去，还抓瞎了爸爸蔡迪的一只眼睛。如今，长尾雌虎的两个孩子已经长大了，一年前离开了它。

两个星期前，长尾雌虎的领地被一大群鬣狗入侵。鬣狗是一种臭名昭著的动物，它们为了获取食物，会不择手段，甚至不惜性命，敢从狮子和老虎的嘴巴里抢食物。

长尾雌虎明白自己敌不过这群无赖，只好沿着珍宝江一路往上，到卡鲁平原寻找新的居所。

卡迪迦那狼群，是这片平原上最大的狼群，占有的领地，地势自然最优越，食物自然最丰富。长尾雌虎早就对这个地盘虎视眈眈了。

群狼正等待着狼王的命令。长尾雌虎突然摆出战斗姿势，利爪从掌中悄无声息地伸出，眼中充满了嗜杀的狂热欲望。看来，它是决心要夺下狼群的领地。

群狼毫不示弱，几乎同时向雌虎发出了警告："噢！"——不要轻举妄动，不然后果很严重！

第二十三章　狼死虎口

　　老虎是百兽之王，战斗力当然强；但狼也是一个不可轻视的对手，虽然比不上老虎，但它们群体作战，同样能捕获大型食草动物。

　　一般情况下狼会避开老虎，除非在极端饥饿无食的情况下，但也宁可首选其他动物作为攻击对象。

　　同样，作为具有猫科谨慎特性的老虎也会选择避开狼群，它清楚地知道选择对抗庞大狼群的后果！

　　但是，这是地盘之争，一个要开辟领地，一个要守护家园。一场虎狼大战已经不可避免了！

之前公狼们为了博得母狼的欢心，耗费精力和体力拼命地炫耀自己，不少公狼都已精疲力竭。红狼明白，以现在的实力，它们很难打败长尾雌虎，但是危险迫在眉睫，不得不应战！

长尾雌虎虽然步入中年，但打斗经验丰富，"武器"十分精良——锋利的虎牙、尖利的虎爪，特别是那根粗壮的虎尾，很不好对付。

"呼——"长尾雌虎突然发起了进攻。

只见它猛一转身，一跃而起，扑向一匹半大公狼，进攻速度之快，力道之狠，让红狼大吃一惊。

半大公狼没有反应过来，直到雌虎已经快扑在它的身上时，才连忙闪身，想躲开这致命的噬咬。

但雌虎的动作实在是太迅捷，半大公狼刚跨出一步，就被雌虎生生扑倒在地，动弹不得。

长尾雌虎将头贴近半大公狼的脖子，颈部动脉就在这里，只要轻轻一咬，半大公狼的小命就完了。

狼群的气氛一下子变得紧张起来，"嗷！"一匹母狼失声惊叫，这只半大公狼是它的孩子。

雌虎冷酷地张开嘴，一边看着狼群，一边伸出粗糙的舌头，在半大公狼的颈动脉处舔来舔去——老虎竟然拿狼的性命开玩笑！这明显是对狼群的侮辱和挑衅！

母狼简直快要发疯了，它跑到红狼身边，乞求狼王救救它的孩子。

面对一个母亲的请求，红狼实在不忍心拒绝，但它决不能因为救一匹半大公狼，断送掉整个狼群的性命！红狼只能选择沉默，静观事态发展。

母狼见狼王无动于衷，立刻来到一匹公狼面前，它是半大公狼的父亲。母狼救子心切，着急地对着公狼叫道："嗷！嗷！"——我们一起救孩子！

公狼早就急红了双眼，可是它也一动不动。其实它更着急，但清楚以自己的力量是不能与老虎抗衡的，现在冲上去，等于是白白送死。

母狼的眼神渐渐暗淡，露出绝望，刹那间又变得坚毅，只见它猛地转过身，双眼死死地紧盯着雌虎和它的孩子。

红狼心头一震——母狼这是准备和长尾雌虎决一死战！

自己已经没有母亲了，红狼不想看见半大公狼失去母亲！

雌虎的眼神中充满了不屑，仿佛对母狼的自不量力感到可笑。

母狼四足扣地，正准备发起冲锋，却感到左侧刮来一阵风——红狼突然向长尾雌虎全力冲刺！

雌虎的注意力全部集中在母狼身上，根本没有想到红狼会使这么一招，半大公狼趁机逃出了雌虎的魔爪。

红狼当然畏惧老虎的威力，但它更不愿意看见一位母亲的绝望。

老虎不愧是百兽之王。

长尾雌虎遭受了如此猛烈的一击，却只是后退了一步，身子晃了几晃，怒视着红狼，眼神充满了杀气——它真的生气了！

红狼没有丝毫畏惧，平静地看着雌虎。忽然，发出一声狼啸——"嗷！"——上！

狼群迅速展开攻势，立刻包围了长尾雌虎，雌虎果然经验老到，关键时刻也表现得十分冷静，它暗暗寻找着狼群的弱点。

狼群采用的战术是群体攻势，主要是以数量压制目标，分别从多个方向朝敌人发起进攻，会让敌人四处受敌，防不胜防。

长尾雌虎灵巧地转动身子，躲避群狼的攻击，仿佛只有招架之功，没有还手之力。

一匹公狼，觉得长尾雌虎似乎敌不过它们凌厉的群体攻势，便壮起胆子，偷偷闪到雌虎身后，想趁机偷袭它。

红狼发现雌虎的眼神突然改变，就知道大事不妙，赶快提醒公狼：“嗷！”——危险！

公狼傻乎乎地看了红狼一眼，依旧我行我素，它在打着自己的“小算盘”。

这是一个绝佳的机会，如果自己让雌虎受伤而逃，那么它也许就能摇身一变，成为狼群仰慕的对象，年轻貌美的母狼也会主动投怀送抱；说不定它还能成为下一届狼王！它不愿意放弃这个机会！

公狼心里这么想着，身子也在移动，继续靠近雌虎。

公狼正准备发力偷袭，长尾雌虎皮鞭一样的虎尾，在半空中画了一道弧线，“啪”的一声重重地抽在公狼的身上，公狼应声倒地，还没来得及翻身，雌虎那张臭烘烘的嘴，就咬上了它的脖子。

“咔嚓！”公狼的双眼暴突，四条腿不停地一阵乱蹬，它的颈动脉已经被咬断，鲜血源源不断地涌出。虎嘴却没有松开，反倒咬得更紧了，公狼没有再挣扎，抽搐了几下，不动了。

那张沾满狼血的虎脸，慢慢抬起来，它藐视着群狼，眼神里全是残忍、暴力和狂妄自大。

第二十四章　虎狼酣战

长尾雌虎舔舔脸上的狼血，叼起公狼的尸体，丢到狼群面前。

群狼清楚地看到——公狼的眼睛瞪得圆溜溜的，充满了恐惧和绝望，它的颈部被撕开了一道大口子，血肉模糊。

群狼已经见识到了长尾雌虎的可怕，谁也不敢贸然上前应战。

对所有动物来说，精神上的恐惧远远大于肉体上的痛苦，而公狼的尸体，给群狼带来的恐惧，简直太大了！

长尾雌虎没有停止出击，一个猛扑，轻轻松松地就将一匹正在发呆的公狼按在脚下，它没有丝毫停顿，直接在狼的颈部狼狠地咬了一口……

狼群一阵骚动，它们开始退缩了！

红狼清楚，要是它们继续保持这种状态，雌虎不需要耗费多少力气，就能把卡迪迦那狼群消灭！它大声警告："嗷！"——这是老虎的阴谋！如果我们胆怯了，就只有死路一条！

红狼的警告，对群狼竟然没有产生多大影响，狼群的阵型开始慢慢混乱。虎狼之间的力量悬殊实在太大，群狼感到恐惧，完全能够理解。

"嗷！"——不要害怕！只要我们团结起来，就一定能打败老虎！红狼再次给狼群鼓劲。

群狼情绪稍稍稳定下来，但依旧保持原状，没有一匹狼敢挺身而出。

突然，一匹公狼走出狼群，迎面朝老虎走去。

群狼都傻眼了——世上难道真的有这么傻的公狼，等着去送死！

红狼定睛一看，竟然是那匹半大公狼的父亲！

公狼步伐坚定，好像已经做好了送死的准备。它走了几步，突然停了下来，转头看了看狼群，面对红狼："嗷！"——狼王，您冒着生命危险救了我的孩子，我无法报答你，只希望我的死，能让迷茫的狼群重新清醒过来！

红狼顿时心头一震。

公狼咬咬牙，以最快的速度冲向长尾雌虎。雌虎弓起身子，露出尖利的虎牙，仿佛在为杀死公狼做好准备。

奔跑中的公狼，感到前所未有的轻松，似乎在享受自己生命的最后一刻。

令公狼没有想到的状况出现了——身后的群狼一窝蜂紧随着公狼的步伐，齐刷刷地朝雌虎迎面冲去。

群狼的眼里，不再有恐惧，取而代之的是必胜的决心——狼群在那一刹那清醒了，它们重新燃起了斗志。

这突如其来的战局，也让长尾雌虎始料不及，它的表情凝重，略显慌乱，但它仍然没有退缩。

"嗷！"——

"吼！"——

杂乱而又凄厉的狼啸，粗犷野性的虎啸，掺合在一起，响彻卡鲁平原，这极不寻常的声音，惊动了附近大大小小的飞禽走兽。

对面山上，"独眼狼王"蔡迪迅速反应过来，这声音太不寻常，卡鲁平原一定发生了什么大事！

狼群按照原定的阵型，不断地向雌虎发起进攻。

长尾雌虎面对多个攻击点，只能不断避开凌厉的攻击，明显处于下风。

红狼从老虎的后背偷袭，雌虎故技重施，用尾巴抽红狼。

红狼早有准备，在虎尾抽过来的一刹那，灵巧地避开，虎尾还没来得及再次上扬，就被红狼踩在了脚下。

"咔嚓！"长尾雌虎突然感到尾部一阵剧痛，连忙回头——尾巴根处正在流血，虎尾却不见了！

一匹公狼叼着那根粗大的虎尾，在它面前晃来晃去，像是在向它炫耀战利品。

长尾雌虎愤怒到了极点，整张虎脸都扭曲了，它悄无声息地挥出一记虎掌，正好扇在这匹公狼的脖子上。

老虎的力气大，在动物界中可是出了名的，它一口可以咬断成年公牛的脊椎，一掌可以拍倒一匹成年黑熊。

公狼还没反应过来怎么回事，就被虎掌扇了个正着，衔着老虎尾巴飞出去整整三米远！虽然这一掌没有把它打死，但它的脖子已经完全被扇变了形，它从地上爬起来，拼命蹦跶蹦跶，想把歪在一边的脖子扭正，十分滑稽又十分悲惨。

雌虎本想用这种方法对狼群造成恐怖，但并不奏效，群狼反而因为同胞的受伤越战越勇。

一个小时过去了，虎狼大战，持续升级。

狼群本来准备以"群体战"压制老虎，再以"消耗战"耗尽老虎的体力。但长尾雌虎的体力出奇地好，跟狼群耗了这么久，也没喘几口粗气；而群狼的体力，显然已渐渐不支。

再这样下去，狼群伤亡很大，领地还要拱手相让！

红狼喘着粗气，一边和雌虎周旋，一边思考新的战术。

它再次绕到老虎的背后，老虎的屁股没有了虎尾的掩盖，那黑乎乎的肛门一览无遗！

红狼的心脏剧烈跳动——它想到了一个一招制敌的好办法！如果成功，狼群将很有把握打败长尾雌虎！

"但……"红狼有些犹豫——它明白这样做的后果，自己将付出沉痛的代价。

第二十五章　独门绝技

没错！红狼想到的，正是豺群的"独门绝技"——掏肛门。

大自然赐予狼强壮的身躯，却给了豺稍稍瘦小的体型。豺在力量上比不过狼，但在一代又一代的进化中，独创了一种战术——掏肛门，豺将爪子伸进猎物的肛门，将肠子拉出来！

这种战术虽然听起来有些恶心，可出奇的有效，并成了豺群在各种战斗中的制胜法宝。

虽然非常实用，然而却异常阴毒和残忍，这种招数可以使瘦弱的豺群在捕猎大型动物时，达到令对手如碎尸万段般痛苦的效果。

豺也正是因为这招而臭名远扬。一是因为不嫌脏臭从肛门进行攻击；二是这招阴损残忍令人悚然；三是这招能"活吃"猎物，因为很多被拉出肠子和内脏的动物并不会马上死去，还要忍受被一点点吃掉的极限痛苦。

当豺遇上难以对付的猎物，豺群就会正面迎敌，吸引猎物注意，豺王则趁其不备"掏肛门"。剩下的，就只需要与猎物打消耗战，耗尽猎物的体力，直至猎物暴毙。

雌虎此时正和狼群周旋，虽然尾巴被咬断了，身体非常不协调，但它很快适应过来。

狼群被雌虎超凡的战斗能力惊呆了，它们即使拼尽全力，还是不能重创雌虎。

红狼明白，雌虎的尾巴已断，阻拦它使出"掏肛门"的唯一威胁已经排除。眼下，雌虎正在全力抵挡狼群的正面进攻，而且自己有豺的血统这件事，谁都不知道，老虎肯定不会刻意保护自己的屁股，假如它使出"掏肛门"，十有八九能成功！

"嗷！"——狼王，快来支援我们！我们快不行了！

红狼心急如焚，又十分犹豫——如果使出"掏肛门"，也许能够打败雌虎，但是用上这一招，就相当于它暴露了自己的双重身份，豺的一面会被群狼发现。狼们发现了自己曾经是豺，后果将不堪设想！它们会把自己五马分尸、碎尸万段！

　　"噉！"——狼王！我们支撑不住了！

　　"噉！"又一匹公狼被虎掌狠狠拍中，飞了出去，正好落在红狼的面前，奄奄一息；公狼用乞求的眼神注视着红狼，狼王——快救救狼群吧！

　　红狼的心脏仿佛遭受到了一记重击，这一刻，它竟然感到无比羞愧……

　　红狼下定决心——它一定要拯救狼群！就算抛弃了狼的身份，牺牲自己，也不能让狼群全军覆没。

　　"噉！"——前方掩护！红狼开始布局。

　　狼群迅速在雌虎的前面围成半圆，不住地对它进行试探性攻击。

　　红狼猛一闪身，绕到雌虎的后方，寻找最合适的进攻位置。

　　说实话，红狼自己的心里也没底，还是在它很小的时候，亲眼见过豺王莱斯使用过这一招，自己对这门"绝技"并不精通，只能拼拼运气了！

　　红狼飞身跃起，雌虎突然感到背部负重，没有任何心理准备，差点被压趴下了。它愤怒地回过头，摆动着身子，想把背上的家伙摔下来。

群狼为红狼打掩护，只要雌虎一转头，一摆身，群狼就拼命地向它发起进攻，雌虎只好竭力应付狼群的正面攻势。

红狼的心跳加速——它的成败决定着整个狼群的命运，所以一定不能失手！

雌虎不停地左摇右晃，红狼被摇得眼冒金星。

红狼瞅准时机，左前爪一下捅进雌虎的肛门。雌虎被一阵钻心的疼痛惊得蹦跳起来。

雌虎感到大事不妙，顾不得狼群的猛烈攻势，赶紧回头……

这一幕令它终生难忘，更难以置信——这匹公狼竟然将狼爪伸进了它的屁股眼！这，不是豺才会使用的"阴招"吗？

不只是雌虎，群狼也被狼王的举动惊呆了，几匹狼甚至用狼爪抹抹眼睛，希望是自己看走了眼。

雌虎的腹部又热又湿，红狼顾不得多想，爪子在雌虎的肚子里不停地摸索。

雌虎也曾见识过"掏肛门"的恐怖，它如梦初醒——这匹狼采用了豺的招数，后果十分严重！它疯狂地摇动身体，不顾一切地想将红狼摔下来。

红狼早有防备，死死地扣住它的背部，随着雌虎转身，雌虎旋转了好几圈，也没把红狼甩下来，刚一停下，红狼趁机将那只捅进肛门的爪子在雌虎肚皮里捣鼓了一下，一条滑腻腻热乎乎的东西，在爪子旁游走！只要将它拽住，顺势往外一拖，打败长尾雌虎就基本成定局了！

红狼的爪子快速"追赶"虎肠，但是虎肠又软又滑，好几次刚要抓住，又因剧烈的晃动而溜走。

雌虎知道大事不妙，这样下去，自己必死无疑！只能赶快逃跑！

"吼！"雌虎一声愤怒的虎啸，仿佛准备殊死搏斗！

狼群马上调整战术，由"合围"阵型迅速变为"梯队"阵型，以降低伤亡。

雌虎只是虚晃一枪，一看狼群出现了缺口，立刻头也不回地冲了出去。

红狼从雌虎的背上跳下来，经过一番搏斗，它已经筋疲力尽，险些栽一个大跟头。

雌虎疯狂逃窜，十分狼狈，身影越来越小，最后消失在平原上。

第二十六章　狼群内讧

红狼看着已经远去的雌虎，心中悬起的一块重石终于落了地。

"嗷！"一声威胁性的警告，让红狼回过神来，以为又有敌人，立刻警惕地转过头——但什么也没有。

红狼认为狼们有些神经过敏："嗷！"——你们是不是看错了？雌虎已经被我们赶走了，这附近没有敌人。

狼群靠红狼更近了，将它团团围住。好几匹大公狼还不断磨着牙，那一双双充满憎恨的眼睛，显然已经把红狼当成了仇家。

红狼猛然醒悟——最担心的事发生了，狼群已经把自己当成了豺！

“噉！”——大家误会了！红狼试图给大家一个解释！

但是群狼仿佛都变成了聋子，继续一步步慢慢向红狼逼近。

红狼的心凉了半截。

自己曾为了狼群的繁荣兴旺付出了这么多，甚至不惜自己的生命，也要拯救狼群，可没想到，却是这样的下场……

一匹小狼突然冲出狼群，只身挡在群狼的面前——这是那匹曾经被红狼救过命的小狼！

瘦弱的半大公狼面对健壮的公狼，没有一丝恐惧。红狼内心感到一丝欣慰。

“噉！”——快走开，小东西！不然把你和这匹豺一起收拾了！

“噉！”——狼王为狼群付出了多少，大家应该有目共睹吧？母狼也站出来。

小狼扭过头，感激地看着妈妈。

母狼有些激动，“噉！”——狼王愿意用自己的性命，换取狼群的胜利。它不顾自己的安危，和猛虎搏斗，从虎爪下救下了大家，你们竟然想把它置于死地？摸摸自己的良心！

听了母狼一番话，几匹狼低下了头。

"噢！"——但它是豺！狼群是绝对不允许豺存在的！好几匹年轻力壮的大公狼愤愤不平。

几匹老狼走出狼群，站在了红狼面前。

它们都是狼群中最有经验、辈分最高的，它们知道，红狼是一个难得的好领袖，有智慧，有勇气，有情义，它做首领，狼群必定壮大。杀了红狼，对狼群来说将是巨大的损失。所以，它们要想方设法保护红狼。

"噢！"——你们说这话就大错特错了！有什么证据证明狼王是豺？

"噢！"——这不是显而易见的吗？只有豺才会使用的下流招数，它刚才用上了，这就是最好证据！

老狼立刻反驳，"噢！"——狼王的确使用了"掏肛门"，但是，从它生硬的手法来看，它肯定是第一次用这种招数；而且，它并没有得手，老虎逃走了，如果是豺，会这么容易失手吗？

大公狼们你看看我，我看看你，竟然无言以对。

双方僵持了好一阵儿，最后，狼群慢慢散开了。

三匹大公狼，十分不满意狼群的放弃，咆哮个不休。它们早就是狼群中出了名的野心家，它们所希望的结果，无非就是红狼被狼群杀死，然后由它们中的一位继承狼王之位。

这个绝好的机会错过了，它们自然不爽，主动要求离开狼群。群狼不以为然——这样的野心狼走了，也算少了祸害。

三匹大公狼没有一丝犹豫，尾巴一扬，一阵飞奔，离开了狼群大本营。

红狼看着它们渐渐远去的背影，回想着刚才的一幕，越想越害怕——若不是老狼、小狼和那匹母狼的帮助和辩解，恐怕自己现在已经成了一堆白骨吧。

"砰！砰！砰！"一缕硝烟飘向天空，远远望去，三匹大公狼倒在了血泊里。

红狼惊奇地发现——一个脸庞漆黑的猎人举着猎枪，正准备瞄向红狼。

自从上次遇到卡迪迦那狼群，黑马被狼吃了后，图格就一直在寻找狼群的聚集地。功夫不负有心人，他终于找到了狼群活动的大致范围。当他尾随狼群的足迹一路找寻，却看见狼群正在与一匹孟加拉虎厮杀！

图格原本想坐收渔翁之利——等孟加拉虎把狼群给收拾了，他再冲出去，将孟加拉虎射杀。几十张狼皮，再加上一张虎皮，可以卖不少钱！

但出乎他意料的是，狼群竟然将孟加拉虎打得落荒而逃！

接下来，他便看到了狼群的内讧，在三匹公狼离开狼群时，趁机偷袭，果断开枪。

第二十七章 人狼较量

图格为了剿灭狼群，这次可是有备而来。

他来到城市，千方百计地从一个熟人手里买了一把先进的猎枪。这杆枪，不同于老式"散弹枪"，装弹更快，操作起来方便，不但子弹射程更远，对猎物的杀伤力也大大提升；特别是它的安全性比"散弹枪"高出很多，基本不会出现"卡弹""走火"等意外。

"砰！"一发子弹正对着红狼射出。

红狼来不及迟疑，立刻压低身子。好险！子弹擦着它的头皮掠了过去，差点就没命了！

图格见没有得手，再次将枪口瞄准红狼，企图发射第二发子弹。

红狼在地上打了个滚，趁猎人瞄准的空当，绕到图格身后，想对他发起偷袭。

"砰！"红狼立刻感到自己的左前爪一阵剧痛，多了几道伤痕，虽然伤口不深，但是疼痛感强烈，伤口的边缘十分平整，明显是被子弹击中。

不远处，一群猎人正急匆匆地朝这里赶来。他们每个人的手中，都拿着散弹枪。

一个黑脸大汉正举着枪，瞄准红狼。红狼灵巧地避开了子弹——看来刚才就是这家伙开的枪。

幸好是老式散弹枪，杀伤力不强。如果是先进的枪械，它现在估计已经死了。

图格回过神来，趁红狼不注意，一脚踹在它肚子上。这一脚力道之狠，硬生生地把红狼踢出了两米远。

"萨尔文村长！你们快点过来！我需要支援！"图格对黑脸大汉说。

说罢，图格再次端起猎枪，对着身边的狼群一阵猛射，不少狼倒在血泊中。红狼意识到，猎人大部队一到，它们必死无疑！

这次，图格叫来了很多帮手。

那天夜里，图格和村长萨尔文交谈了很久，最后他们俩达成共识——剿灭掉卡鲁平原上所有的狼群和豺群。本次行动，正是由图格一手策划的。只不过，图格没有想到会遇上"虎狼大战"的突发事件。

快逃！

红狼奋力跃起，张口从图格手中咬住猎枪，离狼群最近的威胁已经消除，正是逃跑的最佳时机。

"噢！"——大家快跟我来！红狼一摆头，将猎枪丢进一米开外的草丛。

图格迅速冲进草丛，捡起自己的猎枪。

红狼带领着狼群，立刻向左边突围。

可谁知，猎人早就把左边的道路封锁了起来，而右边，却是光秃秃的山坡，一发发子弹"嗖嗖嗖"朝狼群飞来，多匹优秀大公狼受了重伤，形势万分紧急。

红狼准备带狼群后撤，但为时已晚，猎人已经将它们的退路堵死，一杆杆黑洞洞的猎枪，就像正在宣判死神的到来。

红狼大脑一片空白，它不知所措，只是在心中不断念叨："完了……狼群完了……"

第二十七章　人狼较量

"嗷！"——

突然，狼群的身后，传来一声长长的狼啸。一个熟悉的身影，出现在山坡上，猎人们都被这突如其来的狼啸吸引过去。

红狼绝望的双眼，刹那间重新燃起了希望之火。"嗷！"——狼群，快跟我来！

几匹老狼这回看清楚了，山坡上的狼——竟然是失踪多时的卡迪迦那狼群"二把手"——蔡迪！

"嗷！"——狼群，冲上山坡！红狼没有丝毫顾虑，立刻率领狼群突围，往右边的山坡上冲。群狼紧跟着狼王——待在包围圈肯定是死，倒不如放手一搏！

一些年轻的狼有些犹豫——往光秃秃的山上跑，没有任何掩体可以躲藏，这不是自寻死路吗？

猎人们顿时醒悟，立刻朝狼群疯狂射击。

也许是老天爷可怜狼群——刺眼的阳光让猎人们的眼睛根本无法瞄准，只能一通乱射，没有一发子弹使目标毙命。

急匆匆赶过来的图格，眼睁睁地看着一匹匹狼从眼皮子底下逃脱，自己精心部署的计划流产，他气得咬牙切齿——那匹可恨的狼王，你等着瞧！

红狼率领着狼群，一路奔袭，钻过一个小山洞，便来到了

153

蔡迪的狼群前。

蔡迪早已让手下准备好了食物，给狼群补充体力。

这次猎人的袭击，给卡迪迦那狼群造成了很大的损失——多匹大公狼身负重伤，剩下的公狼，多数身上也不同程度地挂了彩。

多亏了蔡迪，卡迪迦那狼群才避免了被灭门的悲剧。

"嗷！"——可能要麻烦你们多照顾一些日子了。红狼很惭愧，有些不好意思地对蔡迪道谢。

群狼也排着队，挨个对蔡迪表达了感激之情。

第二十八章　冤家聚头

红狼确实很佩服蔡迪。

短短的几个月时间，那个曾经饱受煎熬的小狼群，在蔡迪的带领下狼丁兴旺，公狼个个高大魁梧、皮毛油亮。红狼承认，蔡迪的领导力确实比自己要强很多。

作为一个居住在半山腰上的狼群，大本营既要足够隐蔽，还要能在冬季抵御漫天大雪。这两个问题似乎都不太好办，但是蔡迪完美地解决了。

蔡迪找到了一个内部宽敞的洞穴。它的入口隐藏在乱石堆里，如果不仔细找，几乎看不出来；冬天，纷纷扬扬的雪花最多飘到洞口，不会进入洞穴。这简直是为它们量身定做的巢穴！

这里食物充足，几乎每天都能吃上肉。一个星期过去，卡迪迦那狼群很快恢复了体力，是时候返回卡鲁平原的大本营了。虽然有的狼还不太愿离开，想在别的狼群领地坐享其成，但这不是长久之计。

红狼向蔡迪道别后，带领狼群下山，原路返回。

几天前的那场人狼较量，足以让狼群牢记一辈子，它们一路上都保持着警戒，以防意外发生。

终于，卡迪迦那狼群领地已经可以清楚地看见了！远远望去，一片安宁。红狼长长地舒了口气——猎人已经离开，它们最大的威胁也没有了。

狼群不由自主地加快了脚步，向着久违的家奔去……

突然，红狼放慢了脚步，它的鼻子闻到了一阵刺鼻的气味，这股气味从附近的树桩上飘出来，它忍不住皱了皱眉头，感觉有些熟悉……

"嗷！"——全部停下！我们的领地有入侵者！

红狼担心有动物趁它们不在的这一周里，占领了它们的地盘。狼群之前遭遇猎人时伤亡惨重，如果再碰上大型肉食动物，它们获胜的概率很小。

第二十八章 冤家聚头

群狼紧跟着红狼，在草丛中有序地匍匐前进。

越接近大本营，那股难闻的气味越浓烈。草丛尽头，一股浓浓的血腥味扑面而来。透过草丛间的缝隙，红狼隐隐约约可以看见外面的情况。

一群动物，正在空地上撕食一匹公羚羊，它们的毛发枯燥，个个身上沾满了泥巴，形象非常糟糕。

领头的一只，抬起头来，活动了一下身体，被羊血染红的脸刚好正对着红狼。红狼看清楚了，这家伙竟是莱斯！

红狼回想起来，莱斯对母亲奈亚的刻薄、故意让它当苦豺、残忍地将它抛弃在陷阱，处处设法除掉自己……它至今还能感觉到那时的绝望！

过去经历的那些苦难岁月，一起涌上心头，红狼一阵揪心。

君子报仇，十年不晚。没想到，这一天来得这么快。今天，终于轮到自己报仇雪恨了！

狼群早就忍不住杀戮的欲望。多年来，它们与卡鲁迪亚豺群就是死对头。

红狼一声令下，"嗽！"——卡迪迦那狼群，出击！

群狼从草丛中跳出来，将惊慌失措的豺群包围起来。

莱斯大吃一惊，它没有想到狼群会突然出现在这里。两个星期前，豺群的领地被一只孟加拉虎袭击——正是长尾雌虎，它企图赶走卡鲁平原上所有的竞争对手，所以先攻击了豺群。

豺群可没有狼群这么好运，身强力壮的大公豺勇猛作战，几乎全部阵亡，只有一小部分豺成功逃脱，侥幸地活了下来。

由于食物短缺，豺们都快饿昏了，迷迷糊糊地闯到了这里，豺群好不容易捕获一匹公羚羊，吃上了第一餐饭。这时，莱斯才反应过来——这里是卡迪迦那狼群的领地！幸好狼群没有出现。

莱斯闻了闻狼群领地的标记，发现尿骚味有些淡了——这标志着狼群没有撒尿来加固气味标记，意味着狼群已经有一段时间没有回来了。

卡鲁迪亚豺群趁机排着队尿了一圈，将这片区域划为己有。一个星期过去，在食物的滋补下，豺群的体力恢复了不少。

没想到，狼群突然回来了，这让毫无思想准备的豺群手足无措！

红狼张开嘴巴，正准备发出进攻号令，眼前突然出现了一个熟悉的身影——兰菊！兰菊站在豺群中央，目光正对着红狼。

兰菊已略显苍老，它的美丽也因时间的推移逐渐消散，但是，温柔而又慈祥的眼神，却仍然没有发生改变。

　　兰菊知道红狼认出了自己，温和地看着红狼，就算死亡近在咫尺，它依然一如既往地平静。

　　红狼心中一阵刺痛——兰菊给了年幼的它妈妈般的温暖，而且，在自己身陷危难时，冒着尾巴被自己咬断的危险，救出了它……

第二十九章 放走豺群

"嗷—嗷—"群狼等得有些不耐烦，纷纷提醒红狼，将侵略者消灭掉。

红狼如梦初醒，见到兰菊的一刹那，它差点忘记了自己的身份——与豺群势不两立的狼的身份，甚至愚蠢地想放过这个曾经抛弃它的豺群。它现在不再是以前那匹弱不禁风的小狼，而是能独当一面的狼王——肩上担负着带领狼群走向繁荣昌盛的重任。

而面前的卡鲁迪亚豺群，就是狼群的一块绊脚石、一颗眼中钉，作为狼王，红狼有责任率领群狼将豺群剿灭。

　　但是，面对兰菊那双又惊又喜又恐惧的眼睛，红狼确实无法痛下杀手。它内心十分纠结，在爱恨情仇的分叉路口不断徘徊。

　　群狼似乎已经看出了狼王的顾虑，"嗷嗷"嚷个不停，不断地催促它下命令。

　　莱斯心里也有些疑惑——它觉得卡迪迦那狼群的这匹新狼王有些眼熟，但又想不起来到底在哪里见过；直到发现红狼专注地看着兰菊，才意识到它的脸型有些豺的特征。

　　莱斯心中一惊——它猛然回想起了很久以前的那个夜晚，那匹被它抛弃的小狼……

　　难道它就是那匹小狼？它是怎么从那么深的坑洞里逃出来的？有什么超凡的能力当上了卡迪迦那狼群狼王？莱斯的心中有数不清的疑问。

　　"如果真的是它，肯定不会放过豺群！"莱斯十分担心，它明白当初自己的所作所为是多么得过分，特别是那天晚上率领豺群想置红狼于死地，对红狼的伤害有多么严重。

　　红狼沉浸在极度痛苦之中，它左右为难，不知道如何决策。

　　站在狼的角度，剿灭"死对头"豺群决不能手下留情。况且，豺群放弃自己的妈妈，还残忍地将年幼的它活活抛弃，自己的心里早已留下了阴影。把豺群灭得干干净净，红狼有无数个理由。

　　红狼清楚，眼下的豺狼之战，豺群必遭惨败，兰菊也一定会被杀死。

　　是兰菊，让它从丧母的阴影中走出；是兰菊，给予了它慈母般的关怀。兰菊知道它是狼，但仍然竭尽全力、义无反顾地将它从寒冷的死亡坑穴中解救出来，唯有亲生母亲才有这种对儿女无私的爱。

　　红狼的潜意识里，早已将兰菊视为自己的妈妈。

　　绝不能让兰菊妈妈死去！红狼打定了主意。

　　群狼急不可耐——狼王为什么这么优柔寡断？面对处于弱势的对手，竟然迟迟不发起进攻。

　　几匹大公狼，得意地晃着大尾巴，两只前爪不停在地上抓挠，早就跃跃欲试，甚至想不等狼王的命令提前发起进攻。

　　红狼回过神来，一声长啸"噢—！"——狼群，解除包围！

　　红狼的命令，让所有的狼和豺同时惊呆了——明显占上风的狼群，竟然要放过竞争对手豺群，这在广袤的大草原上可是闻所未闻的！

　　狼群仿佛不认识它们的狼王，用一种奇怪的眼神打量着红狼，原地不动。

　　"噢—噢—！"——听到没有！解除包围！

红狼头顶的毛一根根竖了起来，再次下达命令。这一声吼叫，令红狼自己都心惊肉跳，不只是因为声音比以前高出两倍，更重要的是声调竟然是不折不扣的一声豺嚣。

红狼如此下达命令，其实就是拿自己的身份作为交换。

红狼明显觉察到，自从虎狼大战后，狼群已经对它的身份产生过怀疑。虽然后来没有当面揭穿，但几乎所有的狼都有些不信任它了。

上次，如果不是老狼们和小狼的父母为它申辩，它也许早已被狼群撕成碎片。现在，也许没有狼再为它说话了，红狼已经做好了心理准备。

群狼虽然对红狼的行为感到不解，但是眼看狼王火气正旺，威慑力量可真不小，还是慢慢地让出了一条道。

莱斯带领豺群迅速从狼群的包围圈往外逃离。

莱斯边撤离，边回头看了红狼一眼，眼神很复杂，有疑惑，有担忧，有感激……

兰菊注视着红狼，迟迟没有动身。红狼走过去，亲自护送兰菊离开。

目送豺群离开卡迪迦那狼群领地，红狼总算松了一口气。

第三十章　危在旦夕

　　红狼转回身来，群狼的眼神已经完全变了，个个透出仇视的目光。它知道，它的特殊身份已经暴露无遗，而且背叛了狼群，唯有一死。

　　红狼平静地走向狼群，步伐有些缓慢，但走得很坚定。

　　狼群早已骚动起来，乱蓬蓬地到处窜动，不断对着红狼咆哮。

　　"嗷！"——停下！你没有资格靠近我们！公狼们的眼睛因为愤怒变成了血红色。它们做梦也没有想到，带领大家打拼搏杀多时的狼王，竟然是狼群的死对头———匹恶豺！

　　此刻，公狼们已经完全忘记了红狼为狼群付出的一切，心中只有对它的愤怒、憎恨。

然而，老狼们头脑是比较清醒的，它们清楚，红狼是一个仁慈的狼王，这样做肯定有自己的苦衷；但是面对急红了双眼的年轻公狼，再多的劝说也起不到作用。老狼们只能站在一旁，连声叹息。

面对一群愤怒的公狼，红狼始终保持着它一贯的冷静。

想当初，卡迪迦那狼群给了无家可归、孤立无助的它一个温暖的大家庭；当上狼王后，每当狼群遭遇困难时，它总是优先考虑群狼的安危，早已把自己的生死置之度外，事实上，有好几次都差点丢了性命！

但是，现在它已不再是狼王，不，甚至连狼的身份都没有了，似乎变成了彻头彻尾的一匹豺……

在另一个世界，死去的狼和豺，应该仍然是"死对头"，自己以豺的身份死去，就可以和母亲团聚了……见到母亲之后，她一定会告诉自己的亲生父亲是谁……

想到这里，红狼竟然感到一丝欣慰。它没有因为群狼的咆哮而停下脚步，继续向狼群中央走去。

红狼无所畏惧的表现，令群狼心中一震。眼前这匹高大英俊的公豺，曾经是它们的狼王，多次化险为夷，救狼群于水深火热之中……几匹大公狼缓慢后退，眼里明显流露出了些许犹豫。

红狼离狼群中心越来越近，公狼们早已做好了进攻准备，仿佛只要它再往前几步，踏入包围圈，群狼就会把它碎尸万段！

七步……六步……五步……随着红狼的脚步慢慢逼近，不知为何，好几匹公狼们身上透出的杀戮之气，竟然渐渐减弱，它们的身体开始不由自主地颤抖。

红狼没有一丝犹豫，直接走进了狼群的包围圈。

"嗷！"——它早就不是我们的狼王了！它是一匹豺，是我们的敌人！狼群中，一匹大公狼突然高声叫嚣。

瞬间，公狼们甩着脑袋，张大嘴巴，再次用冰冷的目光，直勾勾地注视着红狼——一场残酷的厮杀随时都将爆发！

突然，一匹公狼离开狼群，径直走向红狼——或许是想在母狼们面前出出风头。

这匹公狼不慌不忙，渐渐靠近了红狼。

红狼看见迎面走来的公狼，不由心里一阵凄凉。

它早就料到会有公狼带头，迫不及待地杀死它，但出乎意料的是，竟然会是它——那匹半大公狼的父亲。

红狼清楚地记得，几周前，自己奋不顾身冒死从长尾雌虎的爪下救出了它的孩子。

　　红狼不图回报，只求它不要恩将仇报。可是，现在这匹狼竟然第一个走上来，企图将自己置于死地！

　　红狼愤怒地盯着公狼，公狼没有退缩，一步一步地走近它，在距离红狼三米处停顿了一会儿，又继续往红狼身边靠近。

　　红狼闭上了双眼，虽然有些不甘心，但能这样光明正大地死去，倒也了了自己的心愿。它知道，它的喉管很快就会被公狼切断，然后永远陷入沉睡……

第三十一章　　知恩图报

狼群瞬间安静下来，世界好像成了一潭死水。

红狼能清晰地听到公狼沙沙的脚步声，在它面前停了下来。它始终没有睁开眼睛，只是怀着一种对生的眷恋、对死的释然，默默地等待生命的终结。

过了好一阵，公狼似乎一直没有动……这时，狼群突然发出惊呼声，仿佛出现了什么令群狼震惊的大事。

红狼心头一紧，习惯性地迅速翻起身来，眼前的一幕，令它不相信是真的——公狼正侧躺在地面上，向红狼袒露出自己最脆弱的腹部！

　　红狼的大脑顿时一片空白，它想不通为什么一匹狼会向一匹豺做出臣服……难道是阴谋？或许想趁它不注意，一口就把它解决掉。但是公狼眼神中，丝毫感觉不到一丝杀气，没有怨恨、没有愤怒、没有阴险……

　　公狼是在向红狼表达臣服于它的真心。当初，红狼为了它的孩子拼死与猛虎搏斗，那一场景早已牢牢地镌刻在公狼的脑海里，它试图用这种方式来报答自己的恩人，即使是与狼群对立，它也义无反顾！

　　群狼开始向公狼咆哮："嗷！嗷！"——你这个叛徒！为了这匹豺，宁可背叛狼群、背叛自己的妻子和朋友吗？

　　"嗷！"公狼毫不示弱——狼王为我们狼群拼了多少次命？到头来，你们却要杀死它。我的孩子是狼王救的，它是我一家的恩人！你们扪心自问，我到底是不是真正的叛徒？

　　原本就有些动摇的几匹公狼，听了这番说辞后，越来越迷茫，纷纷互相对视，不知如何是好。

　　多数狼保持沉默，静观事态发展。

　　狼群中的几个野心者，并不想放弃这次机会："呜！"——大家不要听信这个叛徒胡说！我们要赶紧动手，不能让它为那匹恶豺拖延时间！

169

　　红狼的心情很复杂，它看着公狼的背影，有些欣慰——看来自己的付出并不是毫无意义的；也有些愧疚——自己刚才彻底误会了公狼的行为。

　　"嗷！"——进攻！一匹公狼迫不及待地带头大声吆喝。

　　一群公狼，毫无秩序地向红狼和那匹"叛徒"公狼围攻过去。

　　红狼平静地看着向自己逐渐逼近的狼群；公狼也没有畏惧，站在红狼面前，怒视着狼群，做好了防御准备。

　　狼群步步逼近，包围圈越来越小，眼看就要将红狼和公狼团团围住。

　　狼群中突然快速冲出几团黑色旋风，直接冲向公狼，又迅速转身，在公狼面前排成一排。步步紧逼的狼群不得不停下脚步。

　　不只是公狼们吃惊，红狼也震惊了。保护自己和公狼的，竟然是一群雌狼、老狼和小狼们！而冲到最前面的，正是那匹当初被自己救下的半大公狼的母亲——公狼的妻子。

　　"嗷！"——快闪开！你们不必为了这两个家伙与狼群为敌！我们也没有闲工夫来跟你们耗！公狼们试图威胁它们。

　　雌狼、老狼和小狼，都没有丝毫退缩。"嗷！"——我们的命是狼王给的！你们想杀死它，那就先从我们的尸体上踏过去！几匹老狼一起呵斥公狼。

双方对峙，数量相当，如果真的动起真格来，雌狼、小狼和老狼，不可能打得过强健的公狼。但是，老狼们刚才这一招，显然十分见效。

思想上原本就有些动摇的部分公狼，战意已经开始消散，甚至有几匹狼在慢慢后退。

"嗷！"——我们不能就这样放弃，一定要根除恶豺和叛徒！几匹野心公狼，还在不停地叫嚣。

"嗷！"——我们就算是死，也绝不会让你们得逞！老狼们针锋相对。

多数公狼开始后退，即使一直有声音在怂恿群狼进攻，它们也没有继续战斗的意思了。

挑头的那几匹野心公狼，也非常明白众怒难犯的道理，无可奈何地选择了放弃，不再吭声，转过身，向远方跑去。

终于，狼群四散奔跑，它们选择脱离红狼和守护在它身边的"叛徒"。

三十二章 孑然一身

在离红狼数米处，狼群纷纷放慢了脚步。

几匹狼转过头，远远地看着红狼。"噢！"走在最前面的公狼突然一声长啸，紧接着，雌狼、老狼和幼狼们，都一起跟着发出狼啸，企图杀死红狼的部分公狼，也参与其中。

红狼不知道，它们这是在宣泄一种复杂的情绪，对它无可奈何、爱恨交加的情绪。

对于红狼，除了少数心怀鬼胎的狼和部分被一时的愤怒蒙蔽了双眼的狼以外，多数对红狼还是心存感激，甚至是理解、体谅红狼的。

红狼身后，有三匹狼一直没有离开——那匹半大公狼和它的父母。

半大公狼小声地对红狼道谢："噢！"——谢谢您，狼王，您从虎掌下救了我的命，多次拯救了整个狼群。在我们的心中，您永远是我们的狼王！

半大公狼的父母没有说话，却迟迟没有离开，足以让红狼明白它们的心意。

过了好一阵，三匹狼转过身，向远方疾跑，身影渐渐远去。

狼啸声渐渐消散，红狼无言，默默地看着卡迪迦那狼群消失在远方……

红狼成了一匹孤狼。

红狼那高大的体魄，那锐利的爪子，无一不是它的骄傲，可是因为同时有着狼族和豺族复杂的血统，最终落得孑然一身。

狼族和豺族之所以群居生活，是为了利用群体的力量更好地捕杀猎物，从而求得它们个体的生存。红狼清楚，脱离了狼群，就算自己有再大的能耐，也很难在广袤的卡鲁平原上生存下去。

重新组建自己的群体？还是流浪？红狼要认真考虑自己的去向！

突然，一阵窸窸窣窣的脚步声，把正在发呆的红狼吓了一大跳。它猛地往前一跃，顺势转过身，警惕地查看声音的源头，是一大群毛色火红的豺——卡鲁迪亚豺群！

豺群不是已经在自己的掩护下逃走了吗？红狼心生疑问。

红狼没有多想，立刻后退了好几步，拉开与豺群的距离，并保持高度警惕——刚才狼群差点消灭了豺群，如果豺群是折回来复仇的，那红狼一定会被它们当成仇敌撕个粉碎！

豺王莱斯，径直向红狼走来。

红狼有些紧张——想当初，正是这个莱斯看出了自己狼的身份，并把它赶出了豺群。而就在刚才，自己作为狼王，站在狼群的角度，果断指挥狼群包围了豺群，还差点命令消灭它们。现在每匹豺应该都对它怀恨在心……

莱斯在红狼面前站定。红狼比起当初被它赶出豺群时，身材高大魁梧了不少，已经比莱斯高出半个肩胛了。

莱斯抬起头，眯着眼睛注视着红狼。突然，莱斯把头低了下去，原本竖起的豺尾，也软绵绵地夹在胯下——俨然一副弱者对强者认输的姿势！

莱斯身后，豺们也一起保持着这姿势。

红狼一时间不知如何是好，毕竟这动作对红狼的震撼太大，一群豺，竟然主动向一匹势单力薄的狼认输？这简直不可思议！

"嗷！"——万分感谢！谢谢您网开一面，给了豺群一条生路，感激不尽！莱斯低着头轻声说。

"嗷！"——您为了保全我们，而被狼群抛弃，我们很感动，也很内疚，毕竟我们曾经把您驱逐，您却不计前嫌。

"嗷！"——我决定带领卡鲁迪亚豺群离开这里，不再冒犯卡迪迦那狼群，结束多年以来的对峙局面。您是我们的恩人，如果有需要，随时可以寻求我们的帮助……

原来豺群是特意来向它道谢，看来自己多虑了。红狼松了口气。它看看莱斯，又看着卡鲁迪亚豺群，心里说不出是什么滋味。

太阳即将下山，红霞洒满了卡鲁平原的每一个角落。

卡鲁迪亚豺群再次向红狼表达谢意后，转过身，衬着红霞，向着太阳落山的方向飞奔离去。

红狼高昂着头，望着西山那一轮红红的夕阳，它知道，这个不平凡的日子就快要结束了；明天，一轮新的朝阳将会升起。

三十三章　围剿狼群

　　十多名猎人，沿着珍宝江的南岸溯江而上，快速行走了十几里地，三条差不多大小的河汇流至此，继续往左侧山根深处挺进，四周稀稀拉拉散布着耐寒植物和枯草，高高低低的乱石堆积如棘，视野十分狭窄。

　　再往前，视线一转，紧邻丛林边缘，出现了一大群狼，闲散地躺在那里。这显然是一个庞大的群体，图格努力抑制着兴奋，暗暗自喜："好家伙，我终于找到你们了！"

　　图格身穿翻毛皮背心，一双反绒皮大头鞋被磨得锃亮，他背上一杆猎枪，肩上斜挎着袋子，看样子做了充分的准备。

LANGXIAO
狼 啸

　　自从上次围剿恶狼的行动计划失败后，图格就一直重点关注着卡迪迦那狼群。这群狼已经对村庄造成了很大的损失，而且神出鬼没，非常狡猾，特别那匹狼王，比其他的公狼更难对付，确实很棘手……

　　这次的狩猎阵容与上次不一样——不但人数增加到二十多人，都配备了更加先进的枪械，还进行了合理的分组；萨尔文村长还托人弄来三条猎狗，个个威猛，体格与狼不相上下。

　　三条狗都是纯种蒙古族猎狗，腰身比普通猎狗要长出十多厘米，尾巴长而匀称，听觉灵敏，视力敏锐，动作敏捷，奔跑的速度极快，向前奔跑时，头部和尾巴都高高昂起，后面的足爪直接落在前足爪的足迹上。

　　据说，猎人在第一次出猎调驯蒙古族猎狗时，先往狗鼻子里强行注入豺和狼的血，使它与豺和狼成为冤家，还必须禁止它捕猎兔子，否则在追逐豺或者狼时一旦遇到兔子就会失去主要目标。

　　图格指挥着猎人们，小心翼翼地以卡迪迦那狼群大本营为中心以一字散开。

　　阴暗的草丛里，一双眼睛散发出荧光，静静地注视着猎人们的一举一动；猎人渐渐走远后，一个黑影突然从草丛中冒出来——健壮的体格、灰黑的毛皮、锐利的目光。

是一个星期前离开狼群的红狼。

这几天，食物充足，气候宜人，即使离开了狼群，在卡鲁平原上独自闯荡的红狼，依然生活得不错。

红狼望着猎人小心忙碌的身影，十分焦急，心里开始打鼓了。

如今，卡迪迦那狼群正处于群龙无首的境地。要是这时候猎人对狼群发动猛烈攻击，群狼很难全身而退。离开卡迪迦那狼群后，本来决定以后不再多管闲事，可就现在的局面看来，狼群仍然需要它去领导。

不！红狼摇摇头，群狼早就将自己视为豺，如果现在突然出现在狼群的面前，群狼肯定会二话不说找它拼命！先静观其变吧。

红狼绕道而行，悄悄爬上左侧的峭壁——这里是制高点，视线开阔，大本营的情况一览眼底。

两天前，狼群准备推选出新一届狼王，公狼之间爆发一场权力斗争，可最终还是没有选出狼王。

此时正午，群狼都趴在空地上眯缝着眼，享受阳光的沐浴。狼群中呈现出难得一见的和平景象。

一匹哨兵狼端坐在大石头上，警惕地观察着大本营周围的风吹草动。

"砰！"一声枪响从树丛中传来，瞬间打破了宁静，正在休息的群狼全被惊醒了。

一根乌黑的枪管从树丛中探出来，枪口正冒着青烟。

哨兵狼试图努力发出警告，却感到呼吸困难——它的胸口已被一颗子弹贯穿，伤口很小，鲜血慢慢地渗出来。

哨兵狼应声倒下，从大石头坠落到地上，"噗！"一大团血沫涌上喉管，从口中喷射出来，

群狼被这突然的变故吓呆了，还没来得及缓过神来，"砰！"图格的枪又响了，一匹母狼翻身倒地，脑袋已被子弹穿透，白花花的脑浆混着鲜血从伤口往外涌。

狼群炸开了花，顿时乱成了一锅粥，都成了无头苍蝇。没有了狼王的领导，面对这样的突发事件，很多狼都已经被吓傻了。

图格吹出一声响亮的口哨，三条猎狗突然从草丛中蹿出，兴奋地咬合着利齿，眼中散发着杀戮的光芒，一起向狼群冲去。

"嗷！嗷！"——大家赶紧集合，不要分散乱跑！几匹见多识广的大公狼，终于清醒过来，知道紧要关头不能乱，它们开始稳住狼群。

群狼不再四处乱撞，慢慢往那几匹大公狼身边汇集。

　　果然是训练有素的猎狗，知道"擒贼先擒王"的道理，它们绕开碍事的母狼和老狼，径直冲向那几匹发号施令的公狼。

　　公狼们根本没有预料到猎狗会直接先向它们下手，慌忙地逃窜，好不容易集合起来的狼群，瞬间又成了一盘散沙。

　　猎人们不再潜伏，各自端着枪，站起身来，在树丛中一字排开，瞄准惊慌失措的狼，疯狂地射击，不一会儿，十多匹狼死的死伤的伤，场面惨不忍睹。

　　"嗷！——"一声雄浑、高亢、威严的狼啸传来。

　　逃窜的群狼、开枪的猎人，都被这声音吸引过去——右侧数百米处，不知什么时候又冒出另一个狼群，站在最前面的，正是卡迪迦那狼群的前任"二把手"蔡迪。

三十四章　友邻相助

生死危急关头，蔡迪的出现，不只是群狼特别吃惊，就连正在远处焦急地关注着狼群的红狼，也不相信自己的眼睛。

图格嘴角微微上扬，露出了自信的笑容。这次，他对灭掉卡鲁平原上的狼群很有信心。

他沉着地指挥同伴："狼群的注意力分散了，快趁现在发动攻击！"

几乎同时，猎人们举起枪，黑洞洞的枪口各自瞄准了各匹狼的要害。蔡迪最先反应过来，立刻命令狼群："噢！"——快跑！跑S形路线！

狼群逃跑的速度哪能与子弹的速度相比，猎人们纷纷扣动扳机，卡迪迦那狼群瞬间就身处枪林弹雨中。又有十多匹狼先后倒下，地面上溅满了血迹。

"嗷！"——快躲进树丛！

蔡迪一边率领自己的狼群向树丛飞奔，一边指挥卡迪迦那狼群。

几匹胆大的公狼冒着被子弹射中的危险，紧跟着蔡迪向最近的树丛冲去，它们的身后，狼群也一窝蜂直往树丛里拥去。

红狼长长地舒了一口气——在狼群生死攸关的危急关头，幸好蔡迪出现了！有了树丛的掩护，狼群暂时安全了，凭着蔡迪出色的领导能力，相信卡迪迦那狼群能够逃过一劫。

再看猎人这边，红狼不禁倒吸了一口冷气。原本以为围剿狼群失败，猎人们会气急败坏，然而，他们的脸上不仅看不到一丝失望的神色，反而露出了神秘又狡黠的笑容……不好！

不出红狼所料，眼看狼群按自己设计的路线仓皇逃命，图格兴奋得手舞足蹈，他信心十足地指挥猎人们："狼群现在已经进入了包围圈，我们只需要包抄过去，就得手了！不管狼王的能耐有多大，这次它们插翅也难飞！"

蔡迪率领着两个狼群，在树丛中迅速穿行。

虽然蔡迪曾经在这里生活过，但已经是很久以前的事了，甚至，它对这里的地理环境都很陌生，也有点慌不择路的样子……

原来，几个小时前，蔡迪正待在大本营里休息。突然，哨兵狼发出"猎人袭击狼群"的警报，也许是上次帮助卡迪迦那狼群逃跑，不小心暴露了它们半山腰的大本营。

多名猎人带着新型武器，在狼群大开杀戒，蔡迪好不容易带着幸存的群狼逃出魔掌。原本想寻求卡迪迦那狼群的帮助，没想到它们也同样遭到了毁灭性攻击。

蔡迪到底是老首领，一路奔跑，脑子也没有闲着：

这肯定不是巧合！为什么猎人要分散力量，同时进攻两个狼群？肯定是阴谋，但现在的当务之急是带领两个狼群赶快逃跑。

对了，红狼为什么不在？如果红狼在的话，卡迪迦那狼群绝对不会这么被动。蔡迪突然想起来，边跑边向身边的公狼问道。

说起红狼，即使在这种生死攸关的时候，公狼的脸也因愤怒而变得扭曲："噢！"——别再提它了！那家伙是一匹豺！它把我们都给骗了！

尽管以前蔡迪对红狼的身份也有过一些想法，但此刻它仍然感到特别吃惊——豺！这么说来，的确印证了自己的质疑：红狼的某些特征确实不像狼，反而有些像豺；蔡迪的脑海中，开始渐渐浮现出另一匹豺的身影——母豺妻子奈亚一直还活在蔡迪的心中……

不知道跑了多远，前方隐隐约约可以看见光亮，树丛已经到了尽头。踏出树丛的第一步，蔡迪就后悔莫及——它的前方正对着一支黝黑的枪管——个猎人举着枪正瞄准自己。

"砰！"就在猎人扣下扳机的一瞬间，蔡迪一个侧翻，子弹擦着侧腹的狼毛飞了出去。

好险！蔡迪大口喘着粗气——为什么这里也无缘无故出现了猎人？

然而，几乎同时，蔡迪发现了更可怕的一幕——猎人的身后，至少还有十多个猎人，他们一字排开，个个荷枪实弹，正瞄准着树丛。

"噢！"——别出来！蔡迪失声大叫。

但是已经晚了，几匹公狼听见了树丛外的动静，紧赶几步跑过来看个究竟——无一例外，它们的脑袋都被子弹贯穿，全部倒在了地上。

猎人们装子弹的几秒间隙，是狼群突围的最好时机！

"噢！"——"冲出树丛！突围出去！"强忍住心中的愧疚，蔡迪竭力发出命令。

狼群紧随蔡迪，冲出了树丛，急速狂奔，迅速拉开了与猎人的距离。

连蔡迪都不清楚，逃出树丛，等待狼群的将是什么。

果然祸不单行，就在蔡迪为暂时保命而感到庆幸时，更大的困难再一次无情地给了它致命的一击——正前方竟然是深不见底的悬崖，倘若一不小心摔下去，绝无生还可能！

三十五章　狼啸声声

前面是无底的悬崖，后方有残忍的猎人，蔡迪心跳加剧，焦急地不停在原地转圈，它不知道该怎么办！

假如从这深不见底的悬崖上跳下去，群狼肯定是死路一条！倘若选择与猎人硬碰硬地突围，那更是愚蠢，两拨猎人很快地集合在一起，人数太多，手中都拿着先进的新型枪械，狼群全都在其有效射程范围内，就会被子弹打成马蜂窝。

蔡迪终于明白了，猎人这次不是简单的捕猎行动，而是为它们设计了一个很大的包围圈，准备一网打尽！

蔡迪抱怨自己的鲁莽，它对自己的领导能力太过自信，犯了作为狼王的大忌——带领狼群在并不熟悉的地区躲避追击，现在狼群中了猎人的计，已无处可逃！这都是自己一手造成的！

猎人们的喧闹声，从远处传来，猎人已经追上来了！

真是天不灭狼，蔡迪突然发现悬崖边的一大片灌木丛，正好可以容狼群临时藏身，它赶紧示意狼群迅速藏入灌木丛。

一直远远尾随并关注着狼群的红狼，正为眼前的紧张局势急得不知所措，眼看群狼潜伏进灌木丛，不禁佩服起蔡迪来：在自己完全不熟悉的地方，竟然还能如此冷静地指挥狼群，它确实是一个机智而有实力的狼王。

图格打了个呼哨，"汪！汪！"三条猎狗狂吠着箭一般蹿了出来。直到现在，图格才拿出了"撒手锏"。

三条大猎狗狂吠着跑在最前面，领着猎人们往狼群方向前进。

还带了猎狗？！红狼的心顿时揪得紧紧的，这是之前狼群从来没有遇到的情况。

红狼望着渐渐逼近的猎人，急得像热锅上的蚂蚁，在原地不停地打转。它非常清楚，如果再不想办法，狼群很快就会被群灭！

一定要拯救狼群！但怎么救？今天，自己不是狼王，也不是旁观者！

　　狼王……想起自己曾经的职位，红狼愣住了。是啊，它的身上流着一半豺的血液，但是不少狼仍然将它视为狼王，尤其是那些老狼、幼狼，还有多次在自己受到不公平对待，勇敢站出来为它说话的狼们。只是，因为狼和豺是天生的死对头，狼群才不得不以它为敌。

　　想到这里，红狼的思维逐渐清晰起来，它用力使劲地咬合着牙齿，眼睛里透露出坚毅的光芒。

　　猎人们赶到时，面对空荡荡的悬崖。

　　"这三条猎狗是不是鼻子坏了？这儿根本没有狼啊！"一位年轻猎人嘟囔道。

　　图格摇摇头，眼神得像鹰一样锐利："不！猎狗的鼻子可是出了名的灵，狼群准是躲起来了！"

　　图格是最有狩猎经验的猎人，猎人们都默认了他的观点，各自散开，开始沿着悬崖仔细搜索。

　　猎狗呼哧呼哧地喘着气，尾巴平齐，背毛耸立，极其警惕地嗅着空气。

　　这三条狗果然厉害，在一大片地域闻到了狼群的气味碎片，渐渐向灌木丛靠近。

群狼屏住呼吸，紧紧地缩成一团，母狼和小狼们更是瑟瑟发抖。蔡迪紧皱眉头，张着大嘴，却不敢大声喘息。

"汪！"一条猎狗有了反应，开始在灌木丛附近四处嗅，而且发出了兴奋的叫声——好像发现了重要线索！图格端着猎枪，立刻从悬崖边转身，小心地向灌木丛走去。

蔡迪猛地吞了两口口水，狼群一旦被猎狗发现，它们只能放手一搏了！它做好了带领狼群突围的准备，随时准备起跳。

"噢——噢——" 一声近乎咆哮的狼啸，从左后方传了过来，而且，这声音距离猎人们非常近！

不远处，一匹毛色灰黑、身材高大的公狼，正仰天长啸。那绵绵不绝的气势、高亢激昂的音调，气势雄浑，威伏四野，暗藏着挑衅与战意。

蔡迪和群狼对这身影和声音再熟悉不过了，红狼！是红狼！不，是卡迪迦那狼群的狼王！

"快快快！这就是狼群的狼王，狼群在那边！" 图格迅速转身，仿佛红狼的出现是他早就意料到的事，边指挥猎狗出击，边兴奋地向同伴大喊。

猎人们断定狼群已经绕开他们，打了个"迂回战"，迅速操起武器，跟在三条猎狗后面，快速向红狼这边追过来……

红狼的奔跑速度非常快，丝毫不比猎狗逊色。可是，此刻红狼似乎特意在戏弄猎狗，时慢时快，不断保持与猎狗的距离……

蔡迪和群狼如梦初醒——

是红狼在千钧一发的时刻，舍身引开猎人，救了它们的命！

为了拯救狼群，拯救这个百般刁难、抛弃自己的狼群，它宁愿再次以生命为代价，换来同胞的安然无恙！

"啾——啾——啾——"猎人们和红狼消失在地平线的那一瞬间，群狼纷纷高昂着头，向着远方，不约而同地发出一声又一声凄厉的狼啸，为它们曾经的狼王送行。

"嗷——嗷——嗷——"狼啸声中，掺杂着另一种声音——仿佛是在哭泣，一公里开外的小山坡上，卡鲁迪亚豺群集体呜咽，在为红狼送行。

夜幕降临，起风了，卡鲁平原笼罩在极度悲伤的氛围里，声声狼啸，豺嚣声声，夹杂着浓浓的哀伤，此起彼伏，这是对尊者的深切纪念和无限挽怀，更是一种不服输的、对抗性的悲鸣，对世界上一切苦难的蔑视感情的集中迸发。

狼啸声声，声声豺嚣，那气势，似乎让天空的云雾也有意退让，那声音在卡鲁平原漆黑的夜色里久久回荡……